Chinese Fantasy Classic

中国奇幻事典

中国古代经典怪谈图鉴

徐客 著　山米 绘

SPM
南方传媒　广东人民出版社

· 广州 ·

动人心弦的
中国奇幻文化

* 中国奇幻文化源远流长

中国奇幻文化的发展和传播已经有数千年的历史，可以说是伴随着中华文化的孕育和演进而存在的。人们在创作时，借助神仙、妖怪、鬼魅的故事来反映当时社会生产力条件下无法解释的自然现象、消解内心的情绪以及揭示社会现象，引人深思。在漫长的流传过程中，中国奇幻文化一直保持着生命力，而且作品形式日渐多样化。

比如被大众熟知、流传较久的文学作品《搜神记》《西游记》《封神演义》《聊斋志异》，以及风靡现代的《鬼吹灯》《盗墓笔记》，还有影视作品《哪吒之魔童降世》《大圣归来》，绘画作品《洛神赋图》，等等。如今的作品创作更是对奇幻文化的传承和演绎。

* 中国的，世界的

当代中国奇幻文化的发展，离不开传统文化所提供的肥沃土壤与人类文明的交流互鉴。《指环王》《哈利·波特》《冰雪奇缘》《魔法满屋》等国外作品进入中国市场，给中国奇幻文化带来了冲击，也激发了国人的创作灵感，并进一步推动文学、绘画、影视、动漫等领域的中国式发展。

国外的奇幻作品也从中国古老传说中汲取能量。其中，最值得一提的是日本的妖怪文化作品和美国的奇幻电影。"妖怪"已经成为日本文化的一张名片。但其实，日本妖怪的形象百分之七十都源自中国。日本妖怪画鼻祖鸟山石燕的代表作品《百鬼夜行》，其中大量鬼怪就是撷取了中国道家"物久成精"的概念，物品因不再被使用而产生魂灵，变成妖怪，比如木魅、涂佛、骨伞、尘冢怪王、文车妖妃等。还有一部分妖怪是从中国神话传说或文学作品演变而来，比如九尾狐、相柳等。中国神话甚至还激发了现代水木茂、京极夏彦等人的创作，以及《阴阳师》手游的开发，等等。

美国奇幻冒险电影《神奇动物：格林德沃之罪》中威风凛凛的驺吾和《神奇动物：邓布利多之谜》中的神兽麒麟皆来源于我国的《山海经》。影片中甚至还原了驺吾巨大的身躯、类似虎的外形和花纹以及显眼的尾巴。

*《中国奇幻事典》，了解中国奇幻文化的一扇窗口

从经典中汲取营养，进行现代创作

本书从《山海经》《玄中记》《子不语》等众多优秀古典作品中精选了100个奇幻故事。找出原典，并进行当代书写，读者不仅能品味到原汁原味的奇幻故事，还能深入了解这些精怪的样貌、技能、情感等。

新锐插画师山米，带您领略现代奇幻作品

山米老师在深入了解经典和现代故事后，为本书创作了插画。作品中满满都是细节，仔细看插图，会有意想不到的收获。

比如，我们熟知的狐妖。大多数人印象中的狐妖是会魅惑人的，在山米画中，一只老狐狸坐在桌案前，下方有四个美人坐在一个身躯超长的狐狸上奏乐。每一处都描绘得栩栩如生，仿佛能听到奏乐声。桌案上还有几只又萌又搞怪的小狐狸，又增添了万物幻化于现实的趣味。

更加新颖的编排结构，更贴合读者情感

不同于以前奇幻作品中兽类、鸟类、虫类，或者妖类、怪类的分类方式，也不同于日本常见的山林妖怪、河海妖怪、聚落妖怪等类别，本书根据各种精怪跟人类的关系将它们划分为以下八种：

❶ 变化外形或用歌声迷惑人类以达到自己目的的"蛊惑妖"。

❷ 因时间或其他原因变成精怪的"异变怪"。

❸ 羽化成神、仙的"羽化怪"。

❹ 有感恩之心的"感恩灵"。

❺ 喜欢做坏事，总是害人的"害人精"。

❻ 可以变幻成人形的"幻化精"。

❼ 心里有怨念，想搞破坏的"怨念怪"。

❽ 生活在人类的家里，对人类有益或有害的"家宅灵"。

狐妖、猫妖、鲛人、地仙……小时候我们或多或少都会听来一些精怪故事、传说，这些已经成为中国奇幻文化的印记留在我们的脑海里，相信这本书，会让您想起小时候听故事的场景。

· 目录 ·

盅惑妖

异变怪

羽化怪

感恩灵

害人精

幻化精

怒念怪

家宅灵

蛊惑妖

生于天地间，忽如远行客。此一时为妖，彼一时还物。妖不都是狰狞恐怖的，有的妖能化作人，乍看之下，以为是人，其实是妖。

阿紫

古文

后十余日，乃稍稍了悟，云："狐始来时，于屋曲角鸡栖间，作好妇形，自称阿紫，招我。如此非一，忽然便随去。即为妻，暮辄与共还其家，遇狗不觉。"云："乐无比也。"道士云："此山魅也。"

——《搜神记》

阿紫传奇

东汉建安年间，沛国郡的陈羡是西海都尉，他有个叫王灵孝的部下，没有任何缘由逃跑了，陈羡因此想杀掉他。

刚被抓回来不久，王灵孝再次逃走。陈羡找不到王灵孝，就抓了他的妻子，逼问他的去处，其妻如实相告，说丈夫可能是被妖怪魅惑去了。

陈羡率领步兵、骑兵几十名，带着猎犬，在城外反复寻找。妖怪听到有人和狗的声音就跑了。后来在一个空坟里发现王灵孝。陈羡让人把王灵孝扶回去，发现他看起来十分像狐狸。别人叫他，也不回应，总是哭着喊"阿紫"。"阿紫"乃是狐狸的名字。

过了十几天，王灵孝稍微清醒了一点。他说："刚开始，狐狸在屋角鸡窝处变成漂亮的妇人，自称阿紫，一直召唤我过去，如此不止一两回。有一次我就跟着去了，还娶她为妻，晚上一起回她的家，路上有狗叫我也听不见。"他说那时只觉得快乐无比。

道士说，这个叫阿紫的狐狸就是山里的妖怪。

蛊惑妖——阿紫

苏琼

晋安帝元兴中，一人年出二十，未婚对，然目不干色，曾无秽行。尝行田，见一女甚丽，谓少年曰："闻君自以柳季之俦，亦复有桑中之欢耶？"女便歌，少年微有动色。后复重见之，少年问姓，云："姓苏名琼，家在涂中。"遂要还，尽欢。从弟便突入，以杖打女，即化成雌白鹄。

——《幽明录》

中国奇幻事典

苏琼传奇

晋元兴年间，有一个人二十多岁还未婚配，他品行端正，不近女色，也没有淫秽的行为。

有一次，他去打猎，看见路边有一个容貌出众的女子。女子对他说："听说你自认为是柳下惠一样的人，可你怎么懂得幽会的快乐呢？"女子说完就开始唱歌，他听到女子的歌声，内心有些动摇。

后来他又在路边见到这个女子，他问及女子的姓名。女子说："我叫苏琼，家就在这条路上。"于是邀请男子一起回家。

男子的堂弟突然过来，用木棍打那个女子，女子遂即变成一只白色的雌天鹅飞走了。

蛊惑妖 —— 苏琼

鸡妖

中国奇幻事典

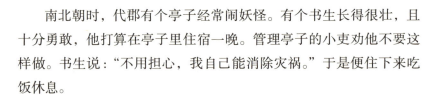

古文

代郡界，有一亭，常有怪，不可诣止。有诸生壮勇，行歌止宿，亭吏止之。诸生曰："我自能消此。"乃住宿食。至夜，鬼吹五孔笛，有一手，都不能得摄笛。诸生不耐，忽便笑谓："汝止有一手，那得遍笛？我为汝吹来。"鬼云："卿为我少指邪？"乃引手，即有数十指出。诸生知其可击，拔剑斫之，得一老雄鸡，从者并鸡雏耳。

——《幽明录》

鸡妖传奇

南北朝时，代郡有个亭子经常闹妖怪。有个书生长得很壮，且十分勇敢，他打算在亭子里住宿一晚。管理亭子的小吏劝他不要这样做。书生说："不用担心，我自己能消除灾祸。"于是便住下来吃饭休息。

到了晚上，亭子里出现一个手拿五孔笛的妖怪，但它只有一只手，无法吹响五孔笛。书生嘲笑它："你只有一只手，怎么能吹响呢？还是我吹给你听吧！"

妖怪说："你以为我的手指少吗？"说完，妖怪伸出手，数十根指头立马冒了出来。书生知道这是砍杀妖怪的好时机，立刻拔剑砍向妖怪，发现妖怪竟然是一只老公鸡，身后还有几只小鸡崽。

蛊惑妖 — 鸡妖

狸妖

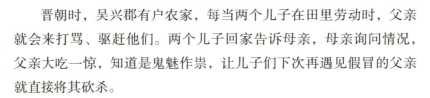

后有一法师过其家，语二儿云："君尊侯有大邪气。"儿以白父，父大怒。儿出，以语师，令速去。师遂作声入，父即成大老狸，入床下，遂擒杀之。向所杀者，乃真父也。改殡治服。一儿遂自杀，一儿忿懊亦死。

——《搜神记》

狸妖传奇

晋朝时，吴兴郡有户农家，每当两个儿子在田里劳动时，父亲就会来打骂、驱赶他们。两个儿子回家告诉母亲，母亲询问情况，父亲大吃一惊，知道是鬼魅作祟，让儿子们下次再遇见假冒的父亲就直接将其砍杀。

一日劳作，父亲担忧两个儿子，怕他们被鬼魅困住，就前往田里查看。两个儿子以为是鬼魅又来了，将其杀掉就地埋了。鬼魅来到他们家里，变成父亲的样子，对家里人说，妖怪已经被儿子们杀掉了。

到了傍晚，两个儿子从田里回来，和家人一起庆贺这件事情，过了几年也没能察觉现在这个才是鬼魅。有一天，一个法师路过他们家，对那两个儿子说："你们父亲身上有一股很大的邪气。"儿子向"父亲"如实转述法师的话，其大怒。儿子让法师赶紧离开。法师却念着咒语进入他家，"父亲"当即变成一只大老狸，钻到了床下，法师捉住它以后，把它杀了。两个儿子这才知道他们在田里杀掉的才是父亲。在为父亲改葬后，一个儿子自杀，另一个儿子既羞愤又懊悔，没多久也死了。

狼妖

乌鲁木齐军校王福言：曩在西宁，与同队数人入山射生。遥见山腰一番妇独行，有四狼随其后。以为狼将搏噬，番妇未见也，共相呼噪，番妇如不闻。一人引满射狼，乃误中番妇，倒掷堕山下。众方惊悔，视之，亦一狼也，四狼则已逸去矣。盖妖兽幻形，诱人而啖，不幸遭殂也。岂恶贯已盈，若或使之欤。

——《阅微草堂笔记》

中国奇幻事典

狼妖传奇

乌鲁木齐有个叫王福的军官，他说自己以前在西宁时，一次和同伴去山中打猎，远远看见山腰有一个少数民族妇人独自行走，后面紧跟着四头狼。

王福和同伴都以为妇人要被那四头狼吃了，就对着妇人的方向大声喊，但那妇人好像什么都没听见。

同伴中有一个人，拉弓向狼群射去，竟然误射中那妇人。妇人应声倒地，滚到山下。大家又急又悔，过去一看，那妇人竟然也是一头狼。回头看那四头狼，已经没影了。

原来这是狼妖的幻术，想要把人引过去吃掉，却不幸被人射杀。这难道不是狼妖恶贯满盈的结果吗？

蛊惑妖　—　狼妖

常

古文

右监门卫录事参军张翰，有亲故妻，天宝初，生子，方收所生男，更有一无首孩子，在傍跳跃。揽之则不见，手去则复在左右。按《白泽图》曰，其名曰"常"。依图呼名，至三呼，奄然已灭。

——《纪闻》

常传奇

中国奇幻事典

唐天宝初年，右监门卫录事参军张翰的亲友的老婆生孩子。家人刚把新生的男婴抱起来，又出现一个没头的婴儿在旁边跳跃。去抓那个没头的婴儿，一伸手，婴儿就消失了，手一离开，婴儿又现身了。

按照《白泽图》的说法，这种妖怪叫"常"。这家人试着喊了三次"常"，那个妖怪就真的消失了。

蛊惑妖 — 常

青衣蚱蜢

—中国奇幻事典—

古文

徐邈，晋孝武帝时为中书侍郎。在省直，左右人恒觉邈独在帐内，以与人共语。有旧门生，一夕伺之，无所见。天将旦，始开窗，瞥睹一物从屏风里飞出，直入铁镬中。仍逐视之，无余物，唯见镬中聚菖蒲根，有大青蚱蜢；虽疑此为魅，而古来未闻，但摘除其两翼。

——《续异记》

青衣蚱蜢传奇

晋孝武帝时期，徐邈为中书侍郎，每遇当值期间，单独在帐里的徐邈就像是在跟他人说话。徐邈之前有个门生，有天晚上观察他，可什么都没看到。等天刚刚有一些光亮时，窗打开了，门生瞥见一个东西从屏风后面飞了出去，直接飞到铁锅里。于是追上去看，只见锅里堆放的菖蒲根下有一只很大的青蚱蜢，再没有别的东西。门生虽然怀疑这只蚱蜢是鬼魅，但是从来也没有听说过这种事，所以只摘掉了蚱蜢的翅膀。

到了夜里，一个青衣女子来到徐邈的梦里，说："我现在被你的门生给困住了，来找你的道路被阻绝，虽然我们距离很近，却像隔着山河。"

蛊惑妖 —— 青衣蚱蜢

徐邈梦醒后感到十分悲凄。门生知道了徐邈的心思，就稍微透露了一些他的所见所闻。徐邈这才对门生说："我刚来当值时，看见一个青衣女子在我前面走，她头上还梳着两个发髻，我觉得很美。我们一起聊天，她就跟了我。后来我喜欢上了她，沉溺在情爱之中。我也不知道她是从哪里来到这儿的。"

　　徐邈还把那女子托梦的事情告诉了门生。门生就把自己看到的都告诉了徐邈，以后也不再追杀蚱蜢了。

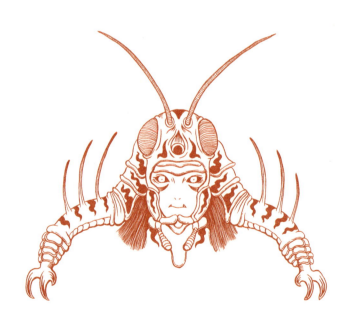

一夕，女独处其中，寝未熟，忽见轧其户者。俄见一人来，被素衣，貌充而肥，自欹身于女之榻。惧为盗，默不敢顾。白衣人又前迫以笑，女益惧，且虑为怪焉。因叱曰："君岂非盗乎？不然，是他类也。"白衣者笑曰："东选吾心，谓吾为盗，且亦误矣。谓吾为他类，不其甚乎！且吾本齐人曹氏子也，谓我美风仪，子独不知乎？子虽拒我，然犹寓子之舍耳。"言已，遂偃于榻，且寝焉。

——《宣室志》

蛴螬

蛴螬传奇

平阳有个叫张景的人，射箭技术很好，是郡守的副将。张景有个女儿，十六七岁，十分敏锐聪慧。

一天晚上，张女独自在房间，还没睡熟的时候，感觉有人敲她的门。她看见一个人进来，身着白衣，长得肥胖、壮实，倚靠在床榻边。张女非常害怕，以为是盗贼，一直沉默，不敢看他。白衣男子上前冲她笑，她就更害怕了，怀疑他是妖怪，于是大声呵斥他说："你不是盗贼吗？要不然就不是人类。"白衣男子笑着说："主人说我是强盗，这个说法已经错了。说我非人岂不是太过分了吗？我本是齐国曹家的孩子，别人都说我风度翩翩，就你不知道吗？虽然你拒绝了我，可我还是要住在你的房间里。"白衣男子说完，就躺在张女的床上睡着了。

直到第二天早上天微亮时，白衣男子才走。到了晚上，白衣男子又来了，张女更加害怕。又过了一天，张女把事情的经过告诉了父亲张景。张景说："它一定是个妖怪。"随即命人拿来一个金锥递给女儿，金锥一端穿上了丝线，锥尖处被磨得锃亮。张景说："等那妖怪再来时，就用金锥在它身上做标记。"到了晚上，那妖怪果然来了。其十分善于交谈，张女强忍不悦，与它和睦相谈。

快到半夜时，张女拿金锥扎妖怪的脖子，那妖怪大叫着跳起来，脖子上拖着线走了。第二天，张景命侍从按照妖怪留下的踪迹寻找，在家门后不远处看见一棵古树，古树下有一个洞，线伸进了洞里。往洞里挖了没多深，看见有一条约一尺长的蛟蟥，那金锥还在它的脖子上，这蛟蟥就是所谓的"齐国曹家的孩子"。张景立即把它杀了，以后就再没发生这种怪事。

蛊惑妖—蛴蟷

旱魃

古文

或曰："此旱魃也。猱形披发，一足行者，为兽魃；缢死尸僵，出迷人者，为鬼魃。获而焚之，足以致雨。"乃奏明启棺，果一女僵尸，貌如生，遍体生白毛。焚之，次日大雨。

——《子不语》

旱魃传奇

清乾隆二十六年（1761 年），京师大旱。有个叫张贵的人，因为脚力好，为某都统递送公文到良乡。张贵天黑时出城，走到没人的地方时，忽然刮起了一阵黑风，把灯笼里的蜡烛吹灭了，不久又下起了雨。张贵准备到驿站避雨，途中遇到一个提着灯笼的女子，十七八岁，容貌秀丽。她把张贵请回家，将马拴在柱子上，为张贵奉茶，表示愿意让他借住一宿。张贵喜出望外。

鸡鸣时分，女子穿上衣服离开，张贵感觉很累，又继续睡下。睡梦中，张贵觉得鼻子有些凉，好像有草扎进了嘴里，醒来后，发觉自己睡在一处荒凉的坟地。他大惊失色，赶紧去牵马，发现马被拴在了树上，要送的文书已经超过期限了。

官府追查到都统处，都统担心有徇私舞弊的情况，下令严加审讯，张贵把事情的经过都说了出来。官府查访到那个坟冢埋着一个张姓女子，她活着的时候与人通奸，事发后因羞愤自缢而死，死后经常使用妖术迷惑路人。有人说："这是旱魃。身形矫健，披着长发，一只脚走路的是兽魃；吊死尸僵，出来迷惑人的是鬼魃。找到旱魃后焚烧，天就会下大雨。"

都统下令打开张女的棺材，里面果然有一具女尸，样貌看起来和刚死一样，但身上长满了白毛。把女尸焚烧后，第二天果然下了大雨。

蛊惑妖 — 旱魃

葛陂君

中国奇幻事典

汝南有妖，常作太守服，诣府门椎鼓，郡患之。及费长房来，知是魅，乃呵之。即解衣冠叩头，乞自改，变为老鳖，大如车轮。长房令复就太守服，作一札，敕葛陂君，叩头流涕，持札去。视之，以札立陂边，以颈绕之而死。

——《列异传》

葛陂君传奇

汝南地区有个妖怪，经常穿着太守的衣服，去府门前敲鼓，郡里的人都以此为患。

东汉著名医家费长房来到这个地方，知道必是魅作怪，就对它一顿呵斥。妖怪脱下衣冠向费长房磕头赔罪，请求改过自新的机会，然后就变成了一个老鳖，像车轮一样大。费长房让它再穿上太守的官服，给它写了一封公文，封妖怪为葛陂君。妖怪感动得哭了，连连磕头拜谢，拿着公文走了。

不久，人们发现写着公文的木牌立在山坡上，妖怪的脖子缠绕在木牌上，已经死了。

蠱惑妖——葛陂君

鲛鱼

此塘有鲛鱼，五日一化，或为美妇人，或为美男子，至于变乱尤多。郡人相戒，故不敢有害心。后为雷电所击，此塘遂干。

——《录异记》

鲛鱼传奇

耒阳县有一口芦苇塘，传说塘中有鲛鱼，每隔五天变化一次，或变成美丽的妇人，或变成美男子，还会变成很多其他种类的生物。

周围的村民都对鲛鱼有戒备，所以鲛鱼不敢存有害人之心。后来天降雷电，将鲛鱼杀死了。芦苇塘也就干涸了。

蛊惑妖
——鲛鱼

雷公被绐

—中国奇幻事典—

古文

雷嗫不发声，怒目闪闪，如有惭色，又为溺所污，竟坠田中，苦吼三日。其群匪啮曰："吾累雷公！吾累雷公！"为设醮超度之，始去。

——《子不语》

雷公被绐传奇

南丰有一个叫赵黎村的隐士说，他的祖上曾是乡绅豪士，明末战乱时，有土匪横行，鱼肉乡里，总是以举办各种活动为借口搜刮钱财，村民很苦恼。赵乡绅就告到官府，官府把土匪及其党羽都驱散了，土匪没有收入，对他积怨颇深。赵乡绅孔武有力，土匪不敢私下寻仇，每当阴天打雷时，就聚集家人，摆上供品，向雷公祷告："为什么不把恶人赵乡绅劈死呢？"

一天，赵乡绅正在家里的花园采花，伴着一声巨响，还有硫黄的气味，一个尖嘴毛人从天空降下来。赵乡绅知道雷公是被那群土匪给骗了，于是将手里的夜壶向雷公砸去："雷公！雷公！我这五十年，从未见过雷公击虎，却屡次见到雷公击牛。欺善怕恶，怎么能这样！你若能回答我，即使枉死，我也没什么遗憾。"

雷公默不作声，怒目闪烁，一副惭愧的样子。雷公的身上被夜壶弄脏，竟掉到田里，苦苦哀吼了三日。那群土匪说："都是我们连累了雷公！"众匪请人为雷公做法后，雷公才离去。

蛊惑妖 —— 雷公被绐

犬妖

—中国奇幻事典—

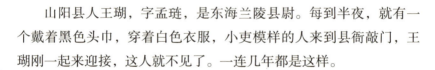

古文

山阳王瑚，字孟琏，为东海兰陵尉。夜半时，辄有黑帻白单衣吏，诣县叩阁。迎之，则忽然不见。如是数年。后伺之，见一老狗，黑头白躯犹故，至阁便为人。以白孟琏，杀之乃绝。

——《搜神记》

犬妖传奇

山阳县人王瑚，字孟琏，是东海兰陵县尉。每到半夜，就有一个戴着黑色头巾，穿着白色衣服，小吏模样的人来到县衙敲门，王瑚刚一起来迎接，这人就不见了。一连几年都是这样。

王瑚派人观察，发现敲门的竟然是一条黑头白身的老狗，一到县衙门口便变成人。被派去的人禀告王瑚之后，他就把老狗杀了，此后再也没发生过听见敲门声却不见人影的怪事。

蛊惑妖 — 犬妖

白鹭女

—中国奇幻事典—

古文

　　钱唐士人姓杜，船行。时大雪，日暮，有女子素衣来。杜曰："何不入船？"遂相调戏。杜阖船载之，后成白鹭去。杜恶之，便病死也。

　　　　　　　　——《搜神后记》

白鹭女传奇

　　钱塘县有个姓杜的人坐船外出，傍晚下起了大雪，一个穿白衣服的女子从岸边走来，杜某对那女子说："你为什么不上船来避一避呢？"两人便在船上开始互相调戏。杜某索性关上船舱的门，载着那女子走了。后来女子变成白鹭离开了。杜某因为此事感到十分耻辱，没多久就病死了。

蛊惑妖 ｜ 白鹭女

异变怪

世间万物皆有灵性。在生命之路上，经历一次次毁灭，又一次次新生。妖怪也有善有恶，不要因为它们长相怪异而害怕，也不要因为它们容貌美丽而轻信。

货郎龙

—中国奇幻事典—

省城沙浪里有龙湫。相传龙昔出游，变形为人，委其鳞甲于石间。有贾人憩石上，见甲胄一具如龙鳞，乃服之。忽腥风起，湫中水族迎之而入。有顷龙至，觅其甲不得，走入水中，水族不能辨，相率拒之。贾遂为龙，据其湫；乡人识之，呼为货郎龙。

——《云南通志》

货郎龙传奇

云南有一则关于龙的传说。从前有一条龙出游人间，变成人的模样，把鳞甲藏在深潭旁边的石头缝里。

有个货郎来到龙藏鳞甲的石头上休息，他一眼看到鳞甲，就穿上了它。忽然刮起了腥风，深潭里的水族都出来迎接货郎入潭。

没过多久，出游的真龙回来了，它在深潭边怎么都找不到鳞甲。真龙没有办法，径直游入水中，不料水族没有认出它，还把它赶走了。

那个穿走鳞甲的货郎成了水里的龙，一直生活在深潭。当地认识他的人，都叫这条龙为货郎龙。

异变怪—货郎龙

独角人

独角者，巴郡人也，年可数百岁，俗失其名，顶上生一角，故谓之独角。或忽去积载，或累旬不语。及有所说，则旨趣精微，咸莫能测焉。所居独以德化，亦颇有训导。一旦与家辞，因入舍前江中，变为鲤鱼，角尚在首。后时时暂还，容状如平生，与子孙饮宴。数日辄去。

——《述异记》

—中国奇幻事典—

独角人传奇

巴郡曾经有个独角人，活了几百岁，当地人已经不知道他的名字了，因他头顶长着一只角，所以称他为独角。独角人有时会突然消失好几年，有时几十天都不说话。但是只要他开口说话，其旨义都相当精妙，没有人能理解。

独角人居住的乡里都被他的道德感化，他有时也会对乡邻进行训导。有一天，他和家人告别，跳入家门前的江里，变成了一条鲤鱼，角却还在头上。后来，他经常回来暂住，容貌还和之前一样，与子孙一同宴饮，过数天又离去。

异变怪一独角人

蚕女

中国奇幻事典

古文

高辛时，蜀有夫在外，久不归。妻誓曰："得夫归者，以女妻之。"家有一马，闻而跃去。数日，夫乘马归。马嘶不已，夫审其故，曰："人岂与马配耶？"

杀马，曝皮于庭。女过皮傍，皮忽卷女飞去，挂于桑上，遂化为蚕。食桑叶，作一茧，大如瓮。后人塑女像为马头娘，以祈蚕焉。

——《坚瓠集》

蚕女传奇

蚕女，也被称为马头娘。上古高辛时代，蜀中有位女子的丈夫在外一直没有回家。她对着众人发誓说："如果谁能把我丈夫找回来，就把女儿嫁给他。"家里的马听到后，挣断缰绳跑了出去。

几天之后，丈夫骑着那匹马回来了。见那匹马一直叫个不停，丈夫就问妻子原因，妻子如实相告，丈夫说："人怎么能和马婚配呢？"

丈夫没多久就把马杀死了，把马皮放在院子里晾晒。当女儿从马皮旁边经过时，马皮忽然卷起女儿飞走了，挂在一棵桑树上，女儿变成了蚕，吃桑叶，不停地吐丝，做了一个像瓮一样大的茧。后来人们塑了一个女像叫作马头娘，用来祈祷蚕茧丰收。

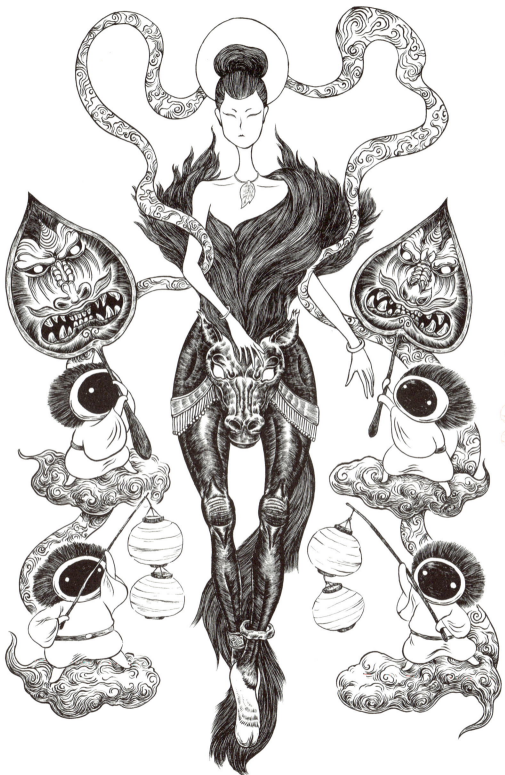

异变怪 — 蚕女

化熊

元嘉三年，邵陵高平黄秀，入山不还。其子根生寻见其蹲空树中，从头至腰，毛色如熊。问何故，答云："天谪我如此，汝但自去。"子哀恸而归。逾年，伐山人见其形状已尽化为熊。

——《异苑》

一中国奇幻事典一

化熊传奇

南朝宋元嘉三年（426年），邵陵高平有个叫黄秀的人，突然独自跑进山林，好些天也不回来。黄秀的儿子根生去找他，看见他蹲在一棵大树的洞里，从头到腰，毛发变得和熊一样。

根生问父亲为何跑到山林中，黄秀说："这是老天爷在惩罚我，你自己回去吧。"根生十分难过，哭着跑了回去。过了一年，有樵夫在山林中伐木时看到了黄秀，此时他已经完全变成一头熊了。

异变怪 — 化熊

鹿娘

中
国
奇
幻
事
典

古文

贞山，在毗陵郡。梁时有村人韩文秀，见一鹿产一女子在地，遂收养之。及长，与凡女有异，遂为女冠。梁武帝为别立一观，号曰鹿娘。后死入棺，武帝致祭。开棺视之，但闻异香，不见骸骨，盖尸解也。遂葬棺于毗陵，因号其葬处为贞山。

——《述异记》

鹿娘传奇

毗陵郡有座贞山，梁时有个叫韩文秀的村民看见母鹿产下一个女婴，于是就收养了这个女婴。女孩长大后，和其他女孩不一样，就出家当了道姑。后来梁武帝为她建了一座道观，道号为"鹿娘"。

鹿娘死后入棺，梁武帝前去祭拜，打开棺木闻到一股独特的香味，却没有看见鹿娘的遗骸，大概是尸解了吧。于是就把鹿娘的棺木葬在了毗陵，埋葬她的地方就叫贞山。

异变怪——鹿娘

盘瓠

古文

高辛氏有老妇人，居于王宫。得耳疾，历时，医为挑治，出顶虫，大如茧。妇人去后，置以瓠蓠，覆之以盘，俄尔顶虫乃化为犬，其文五色，因名盘瓠，遂畜之。

——《搜神记》

盘瓠传奇

上古高辛时代，有个住在宫里的老妇人患耳疾有一段时间了，大夫为她诊治时，挑出了一条蚕茧大小的顶虫。顶虫被放在对半切开的葫芦里，用盘子盖着，不久就变成了一只狗，身上有五彩的花纹。因此取名为盘瓠，将它养了起来。

中国奇幻事典

异变怪——盘瓠

绿瓢

滇中猓猡有黑白二种，皆多寿，一百八九十岁乃死。至二百岁者，子孙不敢同居，舁之深谷大箐中，留四五年粮。此猓渐不省人事，但知炊卧而已。遍体生绿毛如苔，尻突成尾，久之长于身。朱发金睛，钩牙铦爪。其攀陟岩壁，往来如飞。攫虎豹獐鹿为食，象亦畏之。土人呼曰"绿瓢"。

——《觚剩》

中国奇幻事典

绿瓢传奇

云南猓猡人分为黑、白两类，他们都活得很久，通常一百八九十岁才死。

活到二百岁的，子孙就不敢和他们住在一起了，会把他们放到山谷竹林里，同时还会留下四五年的口粮。

被送出家门的猓猡人，慢慢地就不省人事了，只知道吃饭和睡觉。他们浑身还会生长出像苔藓一样的绿毛，屁股还会长出尾巴，时间长了，尾巴比身子还要长。他们的头发变成红色，眼睛变成金黄色，牙齿如钩，爪子变得锋利。他们攀登岩壁，往来如飞，以山林幽谷中的虎、豹、獐、鹿为食，就连大象也害怕他们，当地人把他们称为"绿瓢"。

异变怪一绿瓢

姬狼

广东崖州农民孙姓者，家有母，年七十余。忽两臂生毛，渐至腹背，再至手掌，皆长寸余，身渐伛偻，尻后尾生。一日，仆地化作白狼，冲门而去。家人无奈何，听其所之。每隔一月，或半月，必还家视其子孙，照常饮啖。

——《子不语》

姬狼传奇

广东崖州有个姓孙的农民，他母亲七十多岁时，忽然两臂开始长毛，渐渐延伸到腹部和背上，直至手掌，长出来的毛有一寸多长，老妇的身体也逐渐佝偻，屁股上还长出了尾巴。

有一天，他母亲突然扑倒在地变成一头白狼，冲开门，跑了出去。家里人没有办法，只能任它跑出去。此后，每隔半个月或一个月，"白狼"一定会跑回家看看子孙，在家里照常吃喝。

邻居们厌恶"白狼"，想拿刀箭把它杀了。儿媳知道后，买了一些猪蹄，一直等着"白狼"再来。

"白狼"回来后，儿媳对它叮嘱道："婆婆吃了猪蹄之后，就别再来了。我们都知道婆婆思念儿孙，对我们没有恶意，但邻居怎么知道呢？如果哪天拿着刀箭伤到了您，我做儿媳的，如何忍心呢？"儿媳妇说完后，"白狼"哀号了很久，在家里到处看了看，然后就离开了。此后，它再没有来过。

异变怪一妪狼

秋狐

中国奇幻事典 一

古文

蒙山老爨不死，久则生尾，不食人食，不认子女，好山恶家，健走如兽，土人谓之"秋狐"。然亦不恒有。元时，罗武蛮罗倮百年魖弱，子孙以毡裹送之深菁，后生尾长一二寸，相传三百岁，不知所终。

——《滇略》

秋狐传奇

传说云南蒙山的爨人，活得久了会长出尾巴，不吃人食，也不认识自己的子女，喜欢居住在深山，而不愿意待在家。他们走起路来如同猛兽一样矫健，当地人称之为秋狐。然而秋狐并不常有。

元代，罗武部落有个蛮人叫罗倮，活到了一百岁，身体瘦弱，子孙用毛毡将他裹着送到了深谷。后来，他长出了一两寸长的尾巴。相传，他活了三百多岁，最后不知所终。

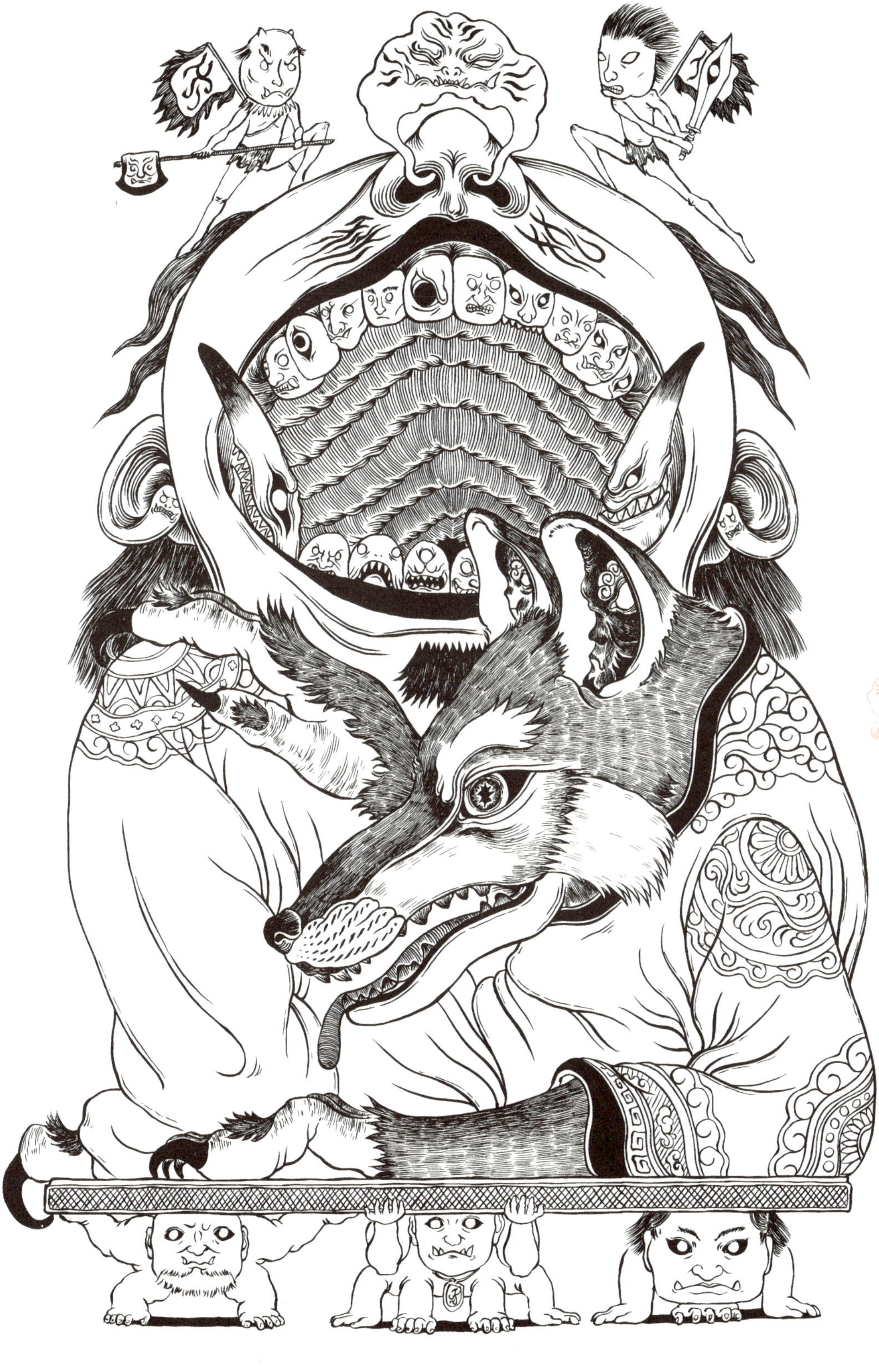

南昌士人

古文

少者见其言近人情，貌如平昔，渐无怖意，乃泣留之，曰："与君长诀，何不稍缓须臾去耶？"死者亦泣，回坐其床，更叙平生数语，复起曰："吾去矣。"立而不行，两眼瞠视，貌渐丑败。少者惧，促之曰："君言既毕，可去矣。"尸竟不去。少者拍床大呼，亦不去，屹立如故。少者愈骇，起而奔，尸随之奔；少者奔愈急，尸奔亦急。追逐数里，少者逾墙仆地，尸不能逾墙而垂首墙外，口中涎沫与少者之面相滴涔涔也。

——《子不语》

南昌士人传奇

江西南昌有两个人在北兰寺读书，一长一少，关系融洽。长者回家后就病故了，少者并不知情，一直在北兰寺读书。

天黑时，少者正要上床休息，忽然看见长者推门进来，坐在他的床边，搭着他的肩膀说："我回家后不到十天就病死了。我现在是鬼，因无法割舍我们的友谊，特来跟你诀别。"

少者害怕到无法言语，长者安慰他说："我如果想要害你，怎会把实话都跟你说呢？你不要害怕，我之所以来，是有些身后事想托付于你。"少者内心微微安定，问："你找我所托何事？"

长者说："我家里还有七十多岁的老母亲和不到三十岁的妻子，

异变怪 — 南昌士人

只要几斛米，就足够她们生活了，希望你能帮她们一下，这是第一件事情。第二，我那里还有一些文稿没有刊印，希望你能帮我继续完成，不使我那微小的名声泯灭。我还欠卖笔的人几千文钱，希望你能够帮助我偿还，这是第三件事。"少者听完后答应了。死去的长者站起来说："既然你已经答应了，我就可以安心地去了。"说完就要走。

少者见他说话有人情味，样貌看起来也如同往日，渐渐地不害怕了，哭着挽留他说："既是诀别，为什么不再多留一会儿？"长者流下了眼泪，又回到床边坐下，两人聊起了人生。过了一会儿，他又站起来说："我该走了。"却没有走，两只眼睛瞪着，样貌慢慢变得丑陋。

少者很害怕，连忙催促他说："你把要交代的事情都说完了，那就走吧。"尸体还是站在原地不动，少者拍床大叫也没用，尸体还是不走。

少者更加害怕，从床上起来就往外跑，尸体跟着他跑，少者跑得越快，尸体追得越紧。跑了几里地后，少者翻墙倒在了地上，尸体不能翻墙，只把头探过墙头，口水滴在少者脸上。

天亮后，有人路过发现了少者，给他喂了一些姜汤。过了一会儿，少者才醒来。长者的家人听说尸体在此处后，运回去下葬了。

有见多识广的人说："人的魂善良、聪明，而魄凶恶、愚蠢。长者刚来的时候，魂灵未灭，魄是跟着魂一起来的，交代完后事，魂飞走了，魄还在。魂在的时候，人还是人；魂走了，留下的就不是人了。世界上的行尸走肉，都是由魄主导的，只有心中有道之人才能制服魄。"

古文

"隶掖我跪堂下，神曰：'汝知罪乎？'曰：'不知。'神曰：'试思之。'我思良久，曰：'某知矣。某不孝，某父母死，停棺二十年，无力卜葬，罪当万死。'神曰：'罪小。'曰：'某少时曾淫一婢，又狎二妓。'神曰：'罪小。'曰：'某有口过，好讥弹人文章。'神曰：'此更小矣。'曰：'然则某无他罪。'神顾左右曰：'令渠照来。'左右取水一盘，沃其面，恍惚悟前生姓杨，名敞，曾偕友贸易湖南，利其财物，推入水中死。"

——《子不语》

钟孝廉传奇

邵又房幼时曾跟着钟孝廉学习，和他同住。钟孝廉十分正直，不苟言笑。

一天半夜，钟孝廉从梦中醒来对邵又房说："我快要死了。"

邵又房问其原因，钟孝廉说："我梦见有两个小吏从地下来到我的床前，拉我一起走。有一条漫漫无边的路，路上都是黄沙、白草，荒无人烟。走了几里地，他们把我带进一个官衙，衙内正面朝南坐着一个戴着乌纱帽的神。"

"两个小吏让我跪在堂下，神问我：'你知道自己的罪孽吗？'我说：'不知。'神说：'你再好好想一想。'我想了许久，说：'我知罪。我不孝，父母死后，尸身在外面停了二十年都没有下葬，罪当万死。'神说：'这是小罪。'我又说：'我年轻时曾奸淫过一个婢女，后来又玩弄过两个妓女。'神说：'这也是小罪。'我说：'我曾讥讽、弹劾过别人的文章。'神说：'这罪更小。'我说：'那我就没有什么其他罪过了。'神对小吏说：'让他好好看看自己。'小吏取了一盆水，直接浇在我脸上，我才恍惚间想起，前生我叫杨敞，曾和好友同去湖南做生意，因贪图他的财物，把他推入水里淹死了。"

"我因害怕而发抖，赶紧匍匐向前说：'我知罪。'"

"神大声说：'还不变身吗？！'然后举手拍了一下桌子，我就听见霹雳一声巨响，天崩地裂，城墙、府衙、神鬼，还有那些工具，都不见了，只看到一片汪洋大海，没有边际，我独自漂浮在一片菜叶上。"

"我想菜叶这么轻，我的身体这么重，怎么不沉下去呢？低头看，发现我已变为蛆虫，耳朵、眼睛、嘴巴、鼻子，全变成了芥菜籽大小，我不禁开始大哭，然后就醒了。你说我做了这样的梦，还能活多久呢？"

邵又房安慰钟孝廉说："先生不必担忧，梦大多不是真的。"

钟孝廉命人赶紧准备棺材等丧葬用品。三天后，钟孝廉吐血而亡。

异变怪——钟孝廉

夏县尉胡项，词人也。尝至金城县界，止于人家。人为具食，项未食，私出。及还，见一老母，长二尺，垂白寡发，据案而食，饼果且尽。其家新妇出，见而怒之，搏其耳，曳入户。项就而窥之，纳母于槛中，窥望两目如丹。项问其故，妇人曰："此名为魅，乃七代祖姑也。寿三百余年而不死，其形转小。不须衣裳，不惧寒暑。锁之槛，终岁如常。忽得出槛，偷窃饭食得数斗。故号为魅。"

——《纪闻》

中国奇幻事典

魅传奇

夏县县尉胡项是一位词人。有一次他来到金城县，借住在一户人家里，还给他准备了许多吃的。胡项没吃就独自出去了。等他回来的时候，看见一位老婆婆正在桌案前吃那些东西。老婆婆只有二尺高，稀疏的白发垂下来，桌上的饼子、果子快被她吃光了。

那户人家的儿媳妇从屋里出来，看见老婆婆很生气，揪着她的耳朵，把她拽进屋。

胡项偷偷看到这个儿媳妇把老婆婆装进一个小笼子里，老婆婆的两只眼睛红如丹砂。

胡项问其缘由，儿媳妇说："她叫魅，是我们家上七辈的祖奶奶，活了三百多岁而不死，她身形变小了，不需要穿衣服，也不怕冷热。我们把她锁在笼子里，常年都是这样。她偶尔会从笼子里跑出来偷饭吃，一顿能吃好几斗。所以叫她'魅'。"

异变怪一魅

变婆

古文

贵州平越山寨苗民，有妇年可六十余，生数子矣。丙戌秋日，入山迷不能归，掇食水中螃蟹充饥，不觉遍体生毛，变形如野人。与虎交合，夜则引虎至民舍，为虎启门，攫食人畜。或时化为美妇，不知者近之，辄为所抱持，以爪破胸饮血，人呼为变婆。

——《虎荟》

中国奇幻事典

变婆传奇

贵州平越苗寨里，有个妇女已经六十多岁，她生了很多孩子。

丙戌年秋天，她在山林中迷了路，回不了家，就吃水中的螃蟹充饥，不知不觉身体开始长毛，外形看着如同野人。

她与老虎交合，半夜把老虎引到村民家，给老虎开门，帮老虎捕食人畜。她有时变成美丽的妇人，不知道内情的人靠近她，就会被她抓住。她用爪子抓破人的胸口，喝人血。人们称她为变婆。

异变怪 —— 变婆

钩翼夫人

—中国奇幻事典—

古文

钩翼夫人，齐人也，姓赵。少好清净。病卧六年，右手卷，饮食少。汉武帝时，望气者云东北有贵人气，推而得之，召到。姿色甚伟，武帝发其手而得玉钩，手得展，幸之，生昭帝。武帝寻害之。殡尸不冷而香一月。后昭帝即位，更葬之，棺空，但有丝履，故名其宫曰钩翼，后避讳改为弋。

——《列仙传》

钩翼夫人传奇

钩翼夫人是齐郡人，姓赵，年少时喜欢清净，曾因病卧床六年，吃得少，右手始终握成拳状。

汉武帝时，一个术士说东北方向有贵人气，经过一番仔细推演，找到了钩翼夫人。汉武帝把她召进宫中，发现她高挑美丽。汉武帝扒开她的右手得到一枚玉钩，她的手也能伸开了。钩翼夫人受到宠幸生下了昭帝。

后来汉武帝将她杀害，下葬时她的尸体不冷，而且散发了一个月的香气。

昭帝即位后，打算重新安葬钩翼夫人，却发现棺中早已空无尸体，只剩下一双丝鞋。因此把她居住过的宫室命名为"钩翼"，后来改称"钩弋"。

异变怪——钩翼夫人

秦毛人

中国奇幻事典

古文

湖广郧阳房县有房山，高险幽远，四面石洞如房。多毛人，长丈余，遍体生毛，往往出山食人鸡犬，拒之者必遭攫搏。以枪炮击之，铅子皆落地，不能伤。相传制之之法，只须以手合拍，叫曰："筑长城，筑长城！"则毛人仓皇逃去。余有世好张君名敬者，曾官其地，试之果然。

——《子不语》

秦毛人传奇

湖广郧阳府房县境内有一座房山，险峻幽远，周围有很多石洞，像一个个房间。山洞里住着一些秦毛人，他们有一丈多高，身上都长着长毛。

秦毛人经常出山吃人类养的鸡、狗，如果不给，他们就会争夺，还会和人搏斗。用土枪对付秦毛人，子弹都落在了地上，根本无法伤到秦毛人。

相传能够制住秦毛人的方法就是对其拍手大喊："筑长城！筑长城！"秦毛人听到后，都会吓得仓皇逃跑。有一个叫张敬的人，在这里做过官，试着用这个方法来对付秦毛人，果然有效。

有人说，秦朝修筑长城时，人们躲进这深山中，过了很久也没有死，就变成了秦毛人这种怪物。秦毛人见人就问："长城修完了吗？"因此人们就用秦毛人害怕的方法来吓唬他们。

没想到在千年以后，秦毛人仍然害怕秦时的律法，可以想见当时秦始皇的威严。

异变怪一秦毛人

狗头新妇

古文

　　贾耽为滑州节度，酸枣县有俚妇事姑不敬，姑年甚老，无双目，旦食，妇以食裹纳犬粪授姑。姑食之，觉有异气。其子出远还，姑问其子："此何物？向者妇与吾食。"其子仰天大哭。有顷，雷电发，若有人截妇首，以犬续之。耽令牵行于境内，以告不孝者。时人谓之"狗头新妇"。

——《独异志》

狗头新妇传奇

　　贾耽任滑州节度使时，酸枣县有个儿媳对婆婆不孝顺。婆婆年纪大，双眼也瞎了。早上吃饭时，儿媳在饭里混上狗屎端给婆婆。婆婆吃的时候闻到一股异味。此时，出远门的儿子回来了，母亲问儿子："儿媳妇给我吃的是什么东西？"儿子看着母亲的碗里，仰天大哭。

　　顷刻间，天上乌云密布，电闪雷鸣，好像有个人砍掉了儿媳的头，用狗头代替。

　　贾耽命人带着这个长着狗头的妇人游街示众，警告那些不孝顺的人。当时，人们称那个妇人为"狗头新妇"。

异变怪一狗头新妇

仆食

古文

夷中人有号为仆食者，不论男女，年至老，辄变异形，或犬或豕或驴之属，于人坟前拜之，其尸即出，为彼所食，盖亦百夷一种也。

——《敝帚轩剩语》

仆食传奇

夷中有一类人叫仆食，这类人无论男女，到了老年都会变成狗、猪、驴之类的异形。仆食到别人的坟前祭拜，埋在坟冢里的尸体就会出来，被他们吃掉，是百夷人的一种。

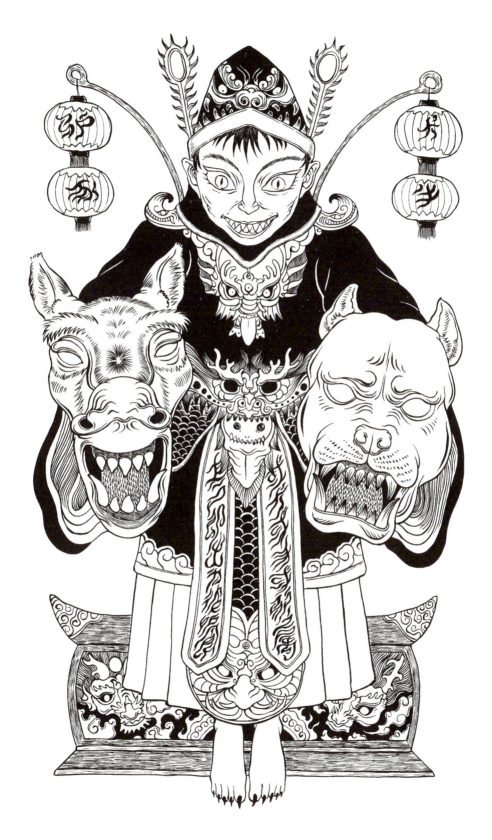

异变怪—仆食

毛女

古文

毛女者，字玉姜，在华阴山中，猎师世世见之。形体生毛，自言秦始皇宫人也，秦坏，流亡入山避难，遇道士谷春，教食松叶，遂不饥寒，身轻如飞，百七十余年。

——《列仙传》

毛女传奇

毛女，字玉姜，住在华阴山，当地世世代代的猎人都见过。毛女浑身长满了毛，她说自己是秦朝的宫女，秦朝衰败后，一路流亡到山里避难。

后来遇到一个叫谷春的道士，教她吃松叶，她就不再挨饿受寒，而且身体轻便，行走如飞，在山中已经活了一百七十多年。

异变怪 一毛女

貙人

古文

寻视，乃化为虎，上山走。或云："貙，虎化为人，好着紫葛衣，其足无踵。虎有五指者，皆是貙。"

——《搜神记》

貙人传奇

传说长江和汉水一带有貙人，他们的先祖是廪君的后裔，能变成老虎。当地人曾做了一个带机关的笼子来捕捉老虎，机关被触发后，第二天大家一起去击杀老虎。一日机关被触发，人们却看见笼子里坐了一个戴着红头巾、大帽子的人，就问他："你是怎么到笼子里来的？"

这个人十分生气地说："我是亭长，昨天忽然被县令召见，夜里在这里避雨，误进了这笼子，快点让我出去。"有人说："县上召见，应当有文书啊。"亭长从怀里取出文书，大家看完后赶忙把他从笼子里放出来了。

人们仔细观察，发现那亭长已经变成老虎，往山上跑了。有人说："貙是虎化成的人，喜欢穿紫色葛布做的衣服，他们没有脚后跟。有五个脚趾的老虎，都是貙人。"

異変怪一䝝人

蒙双氏

中国奇幻事典

古文

昔者高阳氏，有同产而为夫妇，帝放之于崆峒之野，相抱而死。神鸟以不死草覆之，七年，男女同体而生。二头四手足，是为蒙双氏。

——《搜神记》

蒙双氏传奇

在上古高阳氏时期，有一对亲兄妹结成了夫妻，因有悖伦常，高阳氏把他们流放到了崆峒的原野上，两人抱在一起死了。

后来有神鸟衔来"不死草"盖在他们的尸体上。过了七年，这对男女竟然活了过来，只是他们的身体长在了一起，变成了两个头、四只手、四只脚的怪物，人们把他们叫作蒙双氏。

异变怪 — 蒙双氏

羽化怪

神仙，妖怪，总是在一念之间。今生了却俗世缘，来世羽化可成仙。前世今生的记忆，人间的爱恨情仇，都随心境而动，也可因一念放下随风消散。

地仙

乾隆二十七年，杭州叶商造花园，开池得二缸，上下覆合。疑有窖，命人启之，则一道人趺坐在中，爪长丈许，绕身三匝，两目荧然，似笑非笑。问系何朝之人，摇头不答。饮以茶汤，亦不能言。商故富豪，喜行善事，蒸人参汤灌之，终不能言，微笑而已。商意是炼形之地仙功行未满者，将依旧为之覆藏。其奴喜儿者，想取其爪夸人以为异物，私取剪剪之，误伤其身，鲜血流出。道人两眼泪下，随即倒毙，化枯骨一堆。

——《子不语》

地仙传奇

清乾隆二十七年（1762年），杭州城有个叫叶商的人打算修花园，工人在挖水池时挖出来两口缸，且这两口缸口对口叠放在一起。叶商怀疑里面有什么东西，命人打开了缸，发现里面有一个双腿盘坐着的道士，指甲有一丈多长，绕身三圈，道士双目闪烁，看着似笑非笑的样子。

叶商问道士："你是哪朝人？"只见道士摇头，并不应答。叶商给道士斟来茶汤，喝完茶汤，道士还是不说话。叶商本来就是富豪，喜行善事，就命人蒸人参汤给道士喝，可道士喝完仍不说话，只以微笑示人。叶商觉得道士可能是修炼未成的地仙，就命人把缸合上，又埋在地下。

叶商家里有个叫喜儿的奴仆，想拿道士的指甲出来炫耀，偷偷拿剪刀剪下了道士的指甲，却不小心误伤了道士的身体，顿时鲜血直流。道士潸然泪下，随即倒毙，化成了一堆枯骨。

羽化怪　一地仙

应龙

古文

有萃里民王兴，左手大指着红纹，形纤曲，仅寸许，可五六折，每雷雨，辄摇动弗宁。兴憾焉，欲锉去之。一夕，梦一男子，容仪甚异，谓兴曰："余应龙也。谪降在公体，公勿祸余。后三日午候，公伸手指于窗棂外，余其逝矣。"至期，雷雨大作，兴如所言，手指裂而应龙起矣。

——《子不语》

中国奇幻事典

应龙传奇

萃里有个叫王兴的人，他的左手大拇指有条弯弯曲曲的红色花纹，虽然只有一寸多长，却有五六个拐角。每当雷雨来临，这条花纹就会扭动个不停。王兴觉得不祥，就想磨掉它。

一天晚上，王兴梦见一个男子，容貌仪态都与常人不同，他对王兴说："我是应龙，因为受罚才落在你身上，请你不要伤害我。三天后的下午，你把左手伸到窗户外面，我就飞走了。"

三天后，雷雨交加，王兴按梦中应龙所言把手伸出窗外，结果手指头一下子裂开了，应龙飞走了。

羽化怪 —— 应龙

毛衣女

古文

豫章新喻县男子，见田中有六七女，皆衣毛衣，不知是鸟。匍匐往，得其一女所解毛衣，取藏之。即往就诸鸟，诸鸟各飞去，一鸟独不得去。男子取以为妇，生三女。其母后使女问父，知衣在积稻下，得之，衣而飞去。后复以衣迎三女，女亦得飞去。

——《搜神记》

中国奇幻事典

毛衣女传奇

豫章郡新喻县有个男子，看见田里有六七个女子，她们都穿着羽毛衣服。他并不知道那些女子是鸟。他匍匐着向前，拿走了其中一个女子脱下的羽衣，偷偷藏了起来。他又向前靠近那些女子，大家都变成鸟儿飞走了，只有一个女子无法离去。

男子娶了这个女子为妻，生了三个女儿。后来这个女子让其中一个女儿去问男子那件羽衣的下落，才得知她的羽衣被藏在一堆稻草下。她拿到羽衣后，穿上就飞走了。后来她又带着羽衣回来接三个女儿，女儿们也穿上羽衣飞走了。

羽化怪 — 毛衣女

番僧化鹤

古文

一日，少者他出，老僧忽以砖周叠门户，扃固其室。俄有火自内发，人争往扑救，不得入，烟焰蔽空，有白鹤一只，破烟而出。熄后，捡其遗蜕，瘗于塔院，少者迄不归，更不知何往。

——《子不语》

番僧化鹤传奇

宫巡抚镇守云南时，来了两位番僧，一个看起来八九十岁，说自己三百多岁了；一个看起来五六十岁，说自己一百二十岁了。宫巡抚安排他们住在城隍庙旁边的东廊屋里。他们平时不吃不喝，直到有人给他们送东西的时候才会吃，而且食量都很大。

每逢初一、十五，宫巡抚会叫僧人来吃筵席。僧人把所有的食物都倒到一个容器里，用手和成团吃，一次能吃一二斛米。但他们回去后就不再吃喝了。闲暇之余，两人会出去买一些民间的小器物，转手卖了换钱，然后买回砖头堆积在廊下。人们觉得奇怪，问僧人原因，僧人也不说。

有一天，年轻一些的僧人出门了，老僧把买来的砖垒起来，遮住门窗，紧闭房间。不一会儿，老僧的房间着火了，人们想救老僧，却进不去。火势冲天，只见一只白鹤破烟而出。

大火熄灭后，人们找到老僧的遗骨，葬在了塔院。而那年轻一些的僧人一直没有回来，也没人知道他去了哪里。

羽化怪 — 番僧化鶴

赤虾子

古文

今吾邑惟寿星塘山水幽胜，甲一邑。有物曰"赤虾子"者，如婴儿而绝小，自树杪手相牵挂而下，笑呼之声亦如婴儿，续续垂下，甫至地而灭，人谓蓬莱仙女遗类也。

——《双槐岁钞》

赤虾子传奇

广东境内的寿星塘山水秀丽，是个最美的地方。寿星塘有一种叫赤虾子的东西，体形像婴儿一样，笑喊的声音也像婴儿。赤虾子会手牵手从树梢上下来，掉到地上就不见了，大家都说赤虾子就是蓬莱仙女留下的同类。

羽化怪
——赤虾子

青蛙神

—中国奇幻事典—

古文

青蛙神，往往托诸巫以为言。巫能察神嗔喜，告诸信士，曰"喜矣"，福则至；"怒矣"，妇子坐愁叹，有废餐者。流俗然哉？抑神实灵，非尽妄也？

有富贾周某，性吝啬。会居人敛金修关圣祠，贫富皆与有力，独周一毛所不肯拔。久之，工不就，首事者无所为谋。适众赛蛙神，巫忽言："周将军仓命小神司募政，其取簿籍来。"众从之。巫曰："已捐者，不复强；未捐者，量力自注。"众唯唯敬听，各注已。巫视曰："周某在此否？"周方混迹其后，唯恐神知，闻之失色，次且而前。巫指籍曰："注金百。"周益窘，巫怒曰："淫债尚酬二百，况好事耶！"盖周私一妇，为夫掩执，以金二百自赎，故讦之也。周益惭惧，不得已，如命注之。

——《聊斋志异》

青蛙神传奇

有个姓周的富商，生性吝啬。一次，当地居民集资修建关圣祠，人们有钱出钱有力出力，唯独周某一毛不拔。过了好久，工程也没能完成，发起人束手无策。这时正好举行祭祀蛙神的仪式，蛙神借巫师之口说："周仓将军命令我主管修庙的募捐事务，把募捐簿拿过来。"巫师让没捐过的人量力而行，写明认捐的数目。众人都恭敬地听命，各自写毕。

巫师看着众人说："周某在这里吗？"周某这时正混在人群后面，唯恐被蛙神知道，听见喊他，脸色大变，磨磨蹭蹭走上前来。

羽化怪——青蛙神

巫师指着簿子对他说："写上捐金一百两。"周某更加窘急。巫师生气地说："你淫债还付了二百金，何况这好事呢！"原来周某和一个妇人通奸，被她丈夫捉住，花了二百金对方才饶了他。周某更加羞惭恐惧，没办法，只好遵命写上。

但过后周某拖着不肯捐款，就有巨蛙来到周某家中，占据他家里的床铺，还来了很多小蛙，到处乱爬，挤满了院子。周某全家惶恐不安，周某向巫师请教后，当场认交了捐款，巨蛙才离开，小蛙们也逐渐散去。

青蛙神后来又通过巫师，揭露了侵吞公款的人，让他们用捐款来补足亏空款项。没有照做的人后来长了疮，花了很多医药费，比贪污的数目还多，人们认为这是私吞捐款的报应。

羽化怪——青蛙神

方相氏

—中国奇幻事典—

古文

方相氏，掌蒙熊皮，黄金四目，玄衣朱
裳，执戈扬盾，帅百隶而时难，以索室驱疫。

——《周礼》

方相氏传奇

　　方相氏是旧时民间普遍信仰的神祇，是一种驱疫避邪的神。方
相氏身披熊皮，头戴黄金面具，面具上有四只眼；上穿黑色，下穿
红色；拿着戈和盾等法器，口念咒词，率领上百人驱鬼逐疫。押送
灵柩时，方相氏一般走在灵柩的前面，来抵挡那些凶神恶鬼。

羽化怪 — 方相氏

感恩灵

人心生一念，天地悉皆知，千日行善，善犹不足。与人性本善相似，有的妖怪也十分善良，那些去人间行善的妖怪，是在用自己的力量温暖整个人间。

鲛人

古文

南海外有鲛人，水居如鱼，不废织绩，其眼能泣珠。

——《博物志》

鲛人传奇

中国古代典籍中有很多关于鲛人的记载，比如《太平御览》《述异记》等。

据说在大海里，有一种生物叫鲛人，它们的形体和人类相似，只是背上长着鳞片，下半身是一条尾巴，能像鱼一样生活在水中。

鲛人纺丝织绢的技能很强，它们织出来的绢叫鲛绡，薄如蝉翼，色彩鲜艳，是一种非常高级的丝织品。穿着鲛绡做成的衣服可以避水，鲛绡因此受到人们的追捧。

鲛人的眼泪叫作鲛珠，光泽比珍珠还亮丽，呈半透明状。

鲛人大部分时间生活在水里，偶尔会到人类家中借住，如果这家有织机的话，鲛人会给居民家织绢。鲛人织绢的速度很快，三四天就能织好一匹绢。

鲛人织的绢能卖很多钱，所以沿海的居民家里都安置了织机，期待鲛人的到来。

鲛人在居民家里住不了多久，就会思念水里的生活，想回去。每到这时，人们会拿出盘子，热情地欢送鲛人，离别时说一些不舍分离、期望再来的话。如果鲛人被人类的热情打动，激动地流下眼泪，眼泪就会化成许多颗鲛珠。鲛人会把鲛珠送给人们，然后跳进大海，消失无踪。

中国奇幻事典

感恩灵 — 鲛人

白水素女

—中国奇幻事典—

古文

"我天汉中白水素女也。天帝哀卿少孤，恭慎自守，故使我权相为守舍炊烹。十年之中，使卿居富得妇，自当还去。而卿无故窃相伺掩，吾形已见，不宜复留，当相委去。虽尔后自当少差，勤于田作，渔采治生。留此壳去，以贮米谷，常可不乏。"

——《搜神后记》

白水素女传奇

晋朝时，侯官县有个人叫谢端，自幼父母双亡，被邻居收养。谢端勤劳节俭，从不做不法之事，到了十七八岁，他开始自己过日子。

他一直没有娶妻，邻居们帮他说了几次媒，都没有成功。谢端并不失落，每天还是勤奋劳作。

后来他在城下发现了一个大螺，像三升的壶那么大。他觉得这是个稀奇的东西，就把它拿回家，放到缸中养着。

接下来一连十几天，谢端种田回来，都见桌子上已经摆好了可口的饭菜，茶壶里还有烧开的热水。他以为是哪个好心的邻居帮他

感恩灵 — 白水素女

烧火煮饭，就去给邻居道谢。然而，邻居们都说不是自己做的。谢端觉得纳闷，想探个究竟。

一天，谢端天不亮就假装去地里劳作，天亮时悄悄回来，在篱笆墙外，偷偷关注着屋里的一切。

没过一会儿，他看到从水缸里缓缓走出一个年轻貌美的姑娘。奇怪的是，她的衣裳却没有一滴水珠。转眼间，姑娘已经开始烧火煮饭了。

姑娘发现了谢端，想回到水缸，却被谢端挡住了去路。谢端一再追问，姑娘只得把实情告诉他。原来她是天上的白水素女，天帝知道谢端从小父母双亡，孤苦伶仃，很同情他，又见他克勤克俭，安分守己，所以想帮帮他。

白水素女说："天帝派我下凡，专门为你烧火煮饭，料理家务，想让你在十年内富裕起来，成家立业，娶个贤妻，那时我再回天上复命。现在被你知道了天机，我的身份也暴露了，已经不能再待在这里，我要回天庭去了。"

谢端听完，十分感谢白水素女，也十分后悔。他再三挽留白水素女，但白水素女去意已决，临走前对谢端说："我走以后，你的日子会艰苦一些，但你只要干好农活，多打鱼，多砍柴，日子会一天一天好起来的。我把田螺壳留给你，你可以用它贮藏粮食，粮食会一直不缺的。"

白水素女说完，只见屋外狂风大作，接着下起了大雨，雨水空蒙中，白水素女飘然离去。后来谢端依靠勤劳的双手，日子逐渐好了起来，几年之后，他娶了妻子，还当上了县令。

中国奇幻事典

古文

却后六年，一旦白于父母："儿只合与少卿夫人为儿一十八年，今则事毕。来日申时，却归冥司。"因泣下久之，父母亦为之出涕。泳问曰："吾官至何？"答曰："只在大理少卿。"果来日申时，其子卒，故泳有退闲之志。未久，坐事遂罢。

——《野人闲话》

蕉童传奇

西蜀大理少卿李泳在回宅子的路上，看见一个用芭蕉叶包着的婴儿，看起来与普通人不太一样。李泳看着可怜就把他抱回了家，当成自己的孩子养。

这孩子六七岁时就善书写，能说会道，李泳夫妇十分疼爱他。到了十二岁，即使是没看过的经书史籍，都像是熟读过一样，人们都称他是神童。

有一次，儿子独自在屋里读书，李泳和妻子偷偷在窗外看。只见有一个人拿着公文卷宗前来，两个童子接过卷宗呈递给儿子，儿子挥动大笔在公文上写了几行字，交给童子拿走了。李泳和妻子都非常惊讶。

第二天，儿子来请安，李泳问儿子："昨天我看见你在书房像是在处理什么事情，莫非是在处理阴曹地府的事？"儿子点点头，回答说是。李泳大惊失色。之后无论李泳再问什么，儿子只作揖不再说话了。李泳说："地府和人间是不同的，我不再追问什么，希望你多多珍重，好自为之。"儿子又作揖不语。

又过了六年，儿子忽然对李泳说："我和父母只有十八年的缘分，现在时间已经到了，明日申时，我就要回冥府去了。"儿子说完就哭了，李泳和妻子也痛哭了一场。李泳问儿子自己的官职能做到多高，儿子说："只能做到大理少卿。"

第二天申时，儿子果然死了。李泳想辞官回乡，但没过多久，他因牵连一桩公案，就被罢官了。

感恩灵

一蕉叶童子

白泽

古文

泽兽，黄帝时巡狩，至于东滨，泽兽出，能言，达知万物之精，以戒于民，为时除害。

——《宋书》

中国奇幻事典 一

白泽传奇

黄帝在东海巡狩时，刚巧碰见了白泽。白泽不仅能说话，还知道世间所有精怪的详细信息。白泽把天下精怪的秘密都告诉了黄帝。

黄帝让人把白泽所说精怪的样貌、法力和具体的驱逐方法都记录下来，整理成册，名为《白泽图》，希望天下子民不再被精怪所害。

后来，每当人们觉得自己被精怪缠身时，就在《白泽图》上查找，按照上面记载的方法来降妖除魔。

感恩灵 — 白泽

蝼蛄

庐陵太守太原庞企，字子及。自言其远祖不知几何世也，坐事系狱，而非其罪，不堪拷掠，自诬伏之。及狱将上，有蝼蛄虫行其左右，乃谓之曰："使尔有神，能活我死，不当善乎？"因投饭与之，蝼蛄食饭尽去。有顷复来，形体稍大。意每异之，乃复与食。如此去来，至数十日间，其大如豚。及竟报，当行刑。蝼蛄夜掘壁根为大孔，乃破械，从之出去。久时遇赦得活。于是庞氏世世常以四节祠祀蝼蛄于都衢处。后世稍怠，不能复特为馔，乃投祭祀之余以祀之。至今犹尔。

——《搜神记》

蝼蛄传奇

庐陵太守庞企，字子及，太原人。他说自己的远祖，不知是哪一代的，没有犯罪而被下了大狱，因忍不了严刑拷打，被迫招供。狱墙上有蝼蛄在他旁边爬，他就对着蝼蛄说："如果你有神通，请让我活下来，不也是做善事吗？"接着就把自己的牢饭分给它吃。

蝼蛄吃完就走了，再回来时，外形变得稍大了一些。他觉得奇特，仍然给它吃的。如此去来，几十天之后，蝼蛄已经变得和猪差不多大了。要行刑的前一夜，蝼蛄把墙壁挖出一个大洞，还砸掉了枷锁，他就逃了出来。过了很长时间，他遇上大赦，被免了死罪。

庞氏从此在四通八达的大路上祭祀这只蝼蛄。后代有些怠慢，不再特意为它准备食物，只是将祭祀时多余的东西扔在路上祭它，直到现在还是这样。

中国奇幻事典

感恩灵——蝼蛄

草衣翁

—中国奇幻事典—

　　草衣翁与人酬酢甚和，所言多验。或请姓名，曰："我千年仙鹤也。偶乘白云过鄱阳湖，见大黑鱼吞人，予怒而啄之，鱼伤脑死。所吞人以姓名假我，以状貌付我，我今姓陈，名芝田，草衣者，吾别字也。"或请见之，曰："可。"请期，曰："在某夜月明时。"至期，见一道士立空中，面白微须，冠角巾，披晋唐服饰，良久，如烟散也。

——《子不语》

草衣翁传奇

　　湖州菱湖镇有个人叫王静岩，家里很富裕，房屋高大宽敞。王静岩家里有一处九思堂，占地五六亩。每次宴请宾客到傍晚的时候，总能听到大厅的柱子下有敲竹片的声音。王静岩非常讨厌这种声音，他对柱子说："你如果是鬼，就响三声。"柱子回应了四声。王静岩说："你如果是神仙，就响四声。"柱子回应了五声。王静岩又说："你如果是妖怪，就响五声。"柱子干脆胡乱回应了几声。

　　有位道士前来设坛作法，用雷签插到柱子下面。忽然，女婢头上鼓了个大包，疼痛难忍。道士把雷签拔出来，女婢的头就不疼了。

　　隔了一天，女婢忽然大声呼叫，像是伤寒病发作一样。王静岩请郎中来看，还没按完脉，女婢就踢伤了郎中，郎中脸上鲜血直流。四五个孔武有力的男子合力也无法控制住女婢。

感恩灵 — 草衣翁

王静岩的女儿刚满十五岁，听说女婢生病后，前来探视，刚进门就被吓倒在地，嘴里说着："那根本不是女婢，它的脸方正得如同一面白色的墙，没有眼、鼻、耳，嘴里吐着一条红色的、三四尺长的舌头，一张一合。"王静岩的女儿经过这次惊吓，没多久就死了。女儿死后那女婢就痊愈了。

王静岩决心要驱除妖怪，就请来了道士作法，道士说："仙人草衣翁十分灵验，你可以请他来镇邪。"王静岩按照道士所说的方法，设摆香案，放好乩盘，这时乩笔发出像骨肉剥离一样的声音，然后穿过窗户，飞了出去，在窗纸上写下很大的字："何苦呢，何苦呢，让土地神承担过失！"王静岩问其原因，道士说："草衣翁因这个地方的邪气没有除去，急忙请求仙驾把当地的土地神发配到城隍那里，打了二十鞭子。"从此，那妖怪就再也没出来过。

古文

　　引至一处，宫室巍峨。上有冕旒而坐者，年七十余，容貌方严。群鬼传呼曰："某县令至。"公下阶迎，揖以上坐，曰："阴阳道隔，公来何为？"令起立，拱手曰："丰都水旱频年，民力竭矣。朝廷国课尚苦不输，岂能为阴司纳帛镪，再作租户哉？知县冒死而来，为民请命。"

　　　　　　　　　　——《子不语》

丰都知县传奇

　　传说丰都县是阴阳交界处。县里有一口井，人们每年都要花费大约三千金烧纸钱，名为"纳阴司钱粮"。如果哪年人们吝啬不纳，当年一定会暴发瘟疫。

　　清朝初年，知县刘纲上任，听闻此事后，决心要禁止"纳阴司钱粮"，众人表示不可，但是刘纲坚持。众人说："您得和鬼神说清楚才行。"刘纲说："鬼神在哪里呢？"众人说："井底就是鬼神的住所，但是没有人敢去。"刘纲毅然道："我亲自去为民请命，就算死了又有什么可惜的？"说完，让侍从取来长绳，系在身上，准备下井。

众人劝阻知县刘纲，但他坚持下井。刘纲的幕僚李诜是一位豪士，他说："我也想知道鬼神到底长什么样，就让我和您一起去吧！"刘纲阻止他，但李诜态度坚决，也系了绳子，准备下井。

到井下大约五丈处，地下不再黑暗，逐渐明朗，好像有光照下来一样。眼前所见的城镇、房舍都和阳间相似。井下的人比较小，在太阳照射下也没有影子，在空中飘着向前，他们说在这个地方生活的人并不知道天地之分。

他们看见刘纲全都罗列而拜，说："您是世上的阳官，来此地做什么呢？"刘纲说："我来是为阳间百姓请求免去阴司钱粮的。"众鬼都夸刘纲是个贤官。有一个鬼手扶着额头说："此事必须和包阎罗商量。"刘纲说："包阎罗在哪里呢？"一鬼说："在殿上。"

他们把刘纲和李诜引到一个地方，那里的宫殿看起来十分巍峨，殿上坐了一个戴华贵礼冠的人，有七十多岁，看起来十分严厉。群鬼传叫："某知县至。"包阎罗走下台阶迎刘纲，拱手让刘纲上坐，说："阴阳道路阻隔，您为何来此呢？"刘纲站起来对包阎罗拱手说道："丰都县遭受水灾、旱灾多年，人民生活苦难。朝廷税收尚且无法交付，又怎么能让人们因为阴司钱帛，再苦上加苦呢？故而冒死前来，为民请命。"

包阎罗笑着说："世上有妖僧恶道，假借鬼神为由，骗人斋祭布施，为此倾家荡产的人不下千万。但是鬼神和人之间的道路并不相通，无法揭露这些恶行。您作为清明的县官，要为民除弊，即使不来这里请命，谁又敢违抗您呢？现如今到了这里，更加能突显您的仁爱和英勇。"

感恩灵 —— 丰都知县

包阎罗话还没说完，有一道红光从天而降。包阎罗起身说："伏魔大帝（关帝爷）到了，请您暂且避一避。"刘纲和李诜就退到了后面。

　　不一会儿，只见关帝爷绿袍长髯，缓缓而下，与包阎罗对行主宾礼仪，他们说了很多话，但刘纲和李诜听不太清。关帝爷说："这里为何会有活人的气味？"包阎罗就把刘纲来此的缘由告诉了关帝爷。关帝爷说："既然如此，我想见一见这位贤德的知县。"刘纲和李诜惶恐不安地出来拜见关帝爷。

　　关帝爷让刘、李两人坐下，态度十分温和，详细问起在阳间的事情，唯独不谈论阴司的事情。李诜素来耿直，向关帝爷问道："玄德公现在什么地方呢？"关帝爷并不答话，脸色十分不悦，帽子和头发都竖起来了，然后起身向包阎罗告辞。

　　包阎罗十分惊骇，对李诜说："你必定会被雷击而死，我也救不了你。你怎么能在臣子面前直呼他家主公的名字！"刘纲赶紧为李诜求情。包阎罗说："只有李诜现在就死了，才能免遭焚尸。"于是转身从匣子取出一个玉印，解开了李诜的衣服，印在他的背上。刘纲和李诜向包阎罗拜谢后，又顺着绳子回到了阳间。

　　两人刚到丰都南门，李诜就中风而亡。不久，暴雷闪电，围绕着李诜的棺椁，他的衣服都被焚烧殆尽，只剩下背上那块有印的地方是完好的。

青鸭

古文

帝升望月台，时暝，望南端有三青鸭群飞，俄而止于台上，帝悦之。至夕，鸭宿于台端，日色已暗，帝求海肺之膏以为灯焉，取灵溁布为缠，火光甚微，而光色无幽不入。青鸭化为三小童，皆着青绮文襦，各握鲸文大钱五枚，置帝几前。身止影动，因名轻影钱。

——《洞冥记》

青鸭传奇

汉武帝登上望月台时，天色昏暗，看见从南面飞来三只青色的鸭子，一会儿就停在了望月台上，他非常高兴。

到了晚上，青鸭在望月台休息，汉武帝命人用海草的脂膏点起了灯，用布匹缠绕着，烛光虽然有些暗，但照亮了所有地方。

三只青鸭化成三个小童，每个小童都穿着带花纹的青色衣服，手里拿着有鲸纹的五枚铜钱，放在汉武帝的面前。

童子身体不动，透过铜钱的影子却一直在动，因此这种铜钱也叫"轻影钱"。

感恩灵——青鸭

蜂翁

庐陵有人应举行，遇夜诣一村舍求宿，有老翁出见客曰："吾舍窄人多，容一榻可矣。"因止其家，屋室百余间，但窄小甚。久之，告饥，翁曰："吾家贫，所食惟野菜耳。"即以设客，食之甚甘美，与常菜殊。及就寝惟闻讧讧之声，既晓而寤，身卧田中，旁有大蜂窠。客常患风，因而遂愈，盖食蜂之余尔。

——《稽神录》

—中国奇幻事典—

蜂翁传奇

庐陵有个书生前去赶考，夜晚到一个村里求宿。有个老翁出来见客，说："我家房子小，人多，只能放下一张床。"于是书生留宿老翁家，发现老翁家有一百多个房间，但都又窄又小。

过了一会儿，书生跟老翁说自己很饿。老翁说："我家很穷，只有一些野菜。"说完就端上来一盘野菜待客。书生吃了觉得味道很鲜美，和平常吃的饭菜不一样。等到睡觉的时候，书生听到嗡嗡嗡的声音，一直响个不停。

第二天天亮，书生醒来，发现自己正睡在田野里，身边还有个大蜂巢。书生原本患有头风病，经常发作，但是从那天以后就痊愈了，也许是因为吃了蜂翁给的东西吧。

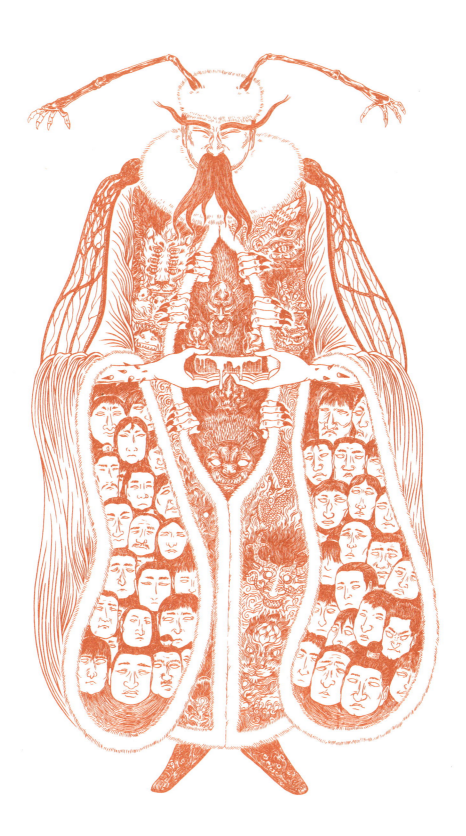

感恩灵 — 蜂翁

害人精

妖性和人性相似，有好有坏，日行一恶，恶自有余。妖出来为祸人间、捉弄、欺骗、伤害，然而善恶到头终有报，妖怪害人，最终也只是作茧自缚。

黑鱼精

一中国奇幻事典一

古文

童子曰："我酣睡片时，并无所苦。但见金甲将军提鱼头放我手中，抱我立水上而已。其他我不知。"自此，鄱阳湖无黑鱼之患。或云："童子者，即总漕杨清恪公也。"

——《子不语》

黑鱼精传奇

曾经有只黑鱼精在鄱阳湖作乱。有一位许姓客商被黑鱼精害死了，他的儿子发誓一定要除掉黑鱼精，给父亲报仇。

经商数年后，许某资产丰厚，备了大礼去龙虎山请天师，已经年老的天师对他说："凡是降妖除魔，总是依靠一股纯刚血气，我现在不仅年老，还在病中，恐怕撑不了多久，无法为你除掉它。念在你一片孝心，我死之后会让我儿子帮你除掉这个妖怪的。"没过多久，天师就去世了。

一年后，许某去请小天师。小天师对许某说："先父临终前曾对我说过，我不敢忘记。但此妖是黑鱼变成的，已经在鄱阳湖驻扎了五百年，法力很深，即使我有符咒和法术，也得有仙根的仙官助我才行。"他从箱子里取出一面小铜镜，让许某拿着去照人，如果有能照出来三个影子的人，就赶紧来告诉他。

害人精——黑鱼精

许某拿着铜镜照遍了江西，都是一人一影。又细细找了一个月，忽然在杨家的一个童子身上照出了三个影子。许某告诉了小天师，小天师派人带着厚礼去了童子家，对他的父母说童子是神童，想要试试童子的才学。童子家贫，听到这个消息后，他父母开心地让童子去了。

小天师供养童子几天后，带着童子和许某等人一起来到鄱阳湖边，建坛诵咒。一日，小天师让人给童子穿上一件金色锦袍，在他背上绑了一把剑，命他向湖中而去，众人十分震惊，童子父母见状哭号着找小天师拼命。小天师笑着说："不会有事的！"

顷刻间一声巨响，只见童子站在浪花上，手里还有一个大黑鱼头。小天师让人把童子抱回船里，发现童子的衣服未曾沾上一滴水。回头看湖面，十里之内都被染成了红色。

童子回去后，人们都争先恐后地问他到底发生了什么。童子回答说："我不过睡了一会儿，就有个身穿金甲的将军把大黑鱼的头递到我的手上，然后把我抱出水面，其他的我也不知道是怎么回事。"

自此，鄱阳湖再没有黑鱼精出来为害。

古文

　　甲以资帛顾村人，悉持棒，寻面而行。初从窗孔中出，渐过墙东，有一古坟，坟上有大桑树，下小孔，而入其中。因发掘之。丈余，遇大树坎如连屋。有老狐，坐据玉案，前两行有美女十余辈，持声乐，皆前后所偷人家女子也。旁有小狐数百头，悉杀之。

　　　　　　　　　　——《广异记》

狐妖传奇

　　唐开元年间，彭城人刘甲出任河北某地县令。刘甲带着妻子、仆人上任，途经深山，四处荒无人家，只看见一家小店，刘甲一行人打算在小店留宿一晚。

　　有人看见刘甲的妻子长得漂亮，就对刘甲说："深山有个妖怪，喜欢漂亮女人，凡是在这住宿过的漂亮女人都被偷去了，你一定要注意防范。"刘甲和家人们都很紧张，不敢睡觉，围绕在妻子身边，甚至用白面把妻子的脸和身体涂抹了一遍。

　　大约到了五更，刘甲说："妖怪做坏事一般都在夜里，现在天都快亮了，应该不会来了。"刘甲就打了个盹，醒来后发现妻子不见了。

　　刘甲雇人帮他一起寻找妻子。他们手里拿着木棒，根据地上留下的白面痕迹一直往前走。白面刚开始是在窗子边出现的，然后过

了东墙，那里有一座古坟，坟上有一棵大桑树，树下有一个小孔，白面到了小孔就没有踪迹了。

于是他们顺着小孔往下挖，挖了一丈多深，下面有一个大树坎，像连着的房屋。树洞里有一只老狐狸坐在桌前。老狐狸的下方有十几个美女站作两行，她们有的唱歌，有的奏乐，这些美女都是被老狐狸偷来的。旁边还有好几百只小狐狸。刘甲带人把狐狸全杀了，救回了自己的妻子。

害人精——狐妖

狼军师

良久，适有樵伙闻声共喊而至，狼惊散去，而舁来之兽独存，钱乃与各樵者谛视之。类狼非狼，圆睛短颈，长喙怒牙，后足长而软，不能起立，声若猿啼。钱曰："噫！吾与汝素无仇，乃为狼军师谋主，欲伤我耶！"兽叩头哀嘶，若悔恨状，乃共挟至前村酒肆中，烹而食之。

——《续子不语》

中国奇幻事典

狼军师传奇

一个姓钱的人，进城一天，天色已晚才往回赶。他走在路上，忽然蹿出几十头狼围住了他。情急之下，他爬上路边一个几丈高的柴草垛，狼无法爬上去，中间的几只狼忽然转头走了。

过了一会儿，那几只狼抬着一只野兽回来，野兽坐在众狼中间说着什么。说完后，众狼开始从柴草垛的下面向外抽柴，柴垛眼看着就要塌了，钱某赶紧大声呼救。

有一群樵夫刚好听到声音，他们大叫着跑来搭救，狼群受惊后逃散了，只剩下那只被狼群抬来的野兽。钱姓人和樵夫们仔细观察这只野兽，发现它长得似狼非狼，圆眼睛，短脖子，长嘴巴，牙齿也暴露在外面。它的后脚长但是很软，无法站立，发出的声音像猿猴啼叫。

钱姓人说："噫！我与你无冤无仇，你为何要做狼军师来伤害我呢？"那野兽一直在磕头求饶，看起来十分后悔。钱姓人和樵夫们把它绑到前面村里的酒馆中，煮熟吃了。

害人精 — 狼军师

蝴蝶怪

—中国奇幻事典—

丈夫屡蹑其背，叶固让前行，伪许而仍落后。叶疑为盗，屡回顾之。时天已黑，不甚辨其状貌，但见电光所烛，丈夫悬首马下，以两脚踏空而行。一路雷与之俱。丈夫口吐黑气，与雷相触，舌长丈余，色如朱砂。叶大骇，卒无奈何，且隐忍之，疾驱至王四家。

——《子不语》

蝴蝶怪传奇

家住京师的叶某和易州的王四是好朋友。七月初七是王四的六十大寿，叶某骑驴前去祝寿。过了房山，天就要黑了。有一个高大的男子骑马赶上了叶某，问："你要去哪里啊？"叶某如实相告。那男子高兴地说："王四是我的表兄，我也是前去为他祝寿的，不如我们一起去吧？"叶某非常开心，就和男子同行。

好几次，男子蹑手蹑脚地走在叶某的后面，叶某多次让他走在自己前面，男子假装答应，但仍旧落在了叶某的后面。叶某疑似他是盗贼，屡次回头看他。

当时天已经黑了，难以辨认男子的样貌，只看见闪电所照耀的地方，男子的头悬在马下，两脚踏空而行，一路上雷都跟着他。那男子嘴里吐着黑气，舌头有一丈多长，颜色像朱砂一样。叶某非常

害人精——蝴蝶怪

害怕，但一点办法也没有，只能暂时隐忍不发，快速地往王四家赶去。

王四出来和叶某及男子相见，高兴地摆下酒宴。叶某私下问王四："你和这个男子是什么亲戚啊？"王四说："这是我的表弟张某，住在京城的绳匠胡同，以熔银为生。"叶某稍稍放心了些，开始怀疑自己在路上是不是看花眼了。

喝完酒之后，叶某打算去休息，心里仍然害怕，不肯和张某住在同一个房间。张某坚持要和叶某同住，叶某不得已，请了一个年轻的仆人陪同。叶某彻夜不睡，但那个年轻人进房间后蒙头就睡。三更后，灯都灭了，张某坐起来吐出他的红舌头，整个房间瞬间就亮了。

张某用鼻子嗅叶某睡觉的帐子，口水流了一地，伸出双手抓住仆人就吃，不一会儿，吃剩的骨头扔了一地。叶某向来信奉关羽，大声呼叫："伏魔大帝在哪？快来救命！"然后就听见敲钟打鼓的声音，只见关帝手持大刀，从房梁上下来，直接向妖怪杀去，妖怪瞬间化成了一只车轮大的蝴蝶。蝴蝶张开翅膀躲开了关帝的大刀。关帝和蝴蝶打斗时，忽然传来了一声巨响，接着蝴蝶和关帝瞬间都不见了，叶某吓得昏倒在地。

第二天中午，王四见几人都还没起床，打开门一看，地上有许多鲜血，张某和那年轻人都不见了。王四见张某来时骑的马还在马厩里，急忙派人赶往京师的绳匠胡同，发现张某正在炉边烧银，并不知道有去易州给王四祝寿的事情。

三鼓后，楼下橐橐有声，一怪蹑梯而上。灯下视之，有头面，无眉目，如枯柴一段，直立帐前。费拔剑斫之，怪退缩数步，转身而走。有一眼竖生背上，长尺许，金光射人。渐行至杨将军卧所，揭其帐，转背放光射之。

——《子不语》

奇鬼眼生背上

奇鬼眼生背上传奇

费密，字此度，是四川的一个平民，因写出名句"大江流汉水，孤艇接残春"，被阮亭尚书推荐给杨展将军，跟着部队一起出征。

路过成都时，他们在察院休息，大家都说楼里有妖怪，劝他们换个地方，杨展和一位李姓副将都不相信，还拉着费密一起住。费密十分疑虑，让人点着灯，自己手里拿着剑，一直在屋子里端坐着。

三更后，从楼下传来走路声，只见一个怪物顺着楼梯来了。从灯下看，那妖怪有头有脸，却没有眉毛和眼睛，像一根枯树枝立在帐前。费密拔剑砍去，妖怪后退几步，转身走了。费密看见妖怪有一只眼睛长在背上，约有一尺长，眼睛散发着金光。

妖怪走到杨展的房间，揭开帷帐，转过背去，用眼睛发出的金光照射杨展。只见杨展的鼻子里忽然出现两道白气，和妖怪吐出的金光对抗，白气越来越大，金光越来越小，妖怪滚下楼梯，消失了。杨展从头到尾都不知道发生了什么。

没过一会儿，又听见楼梯有声响，怪物又上楼向李副将的住所走去，李副将睡得正熟，鼾声如雷。费密以为副将更加勇猛，不会有事。但忽然听见李副将大叫一声，费密赶紧上前去查看，李副将已经七窍流血而死。

卜思鬼

中国奇幻事典

邪术，三宣有曰卜思鬼，妇人习之。夜化为猫犬，窃人家，遇有病者，或舐其手足，或嗅其口鼻，则摄其肉，唾于水中，化为水虾，取而货之。

——《西南夷风土记》

卜思鬼传奇

传说卜思鬼是妇女练习的邪术。夜晚，卜思鬼会变成猫狗去别人家里偷窃，如果遇到生病的人，就舔他的手、脚，或者嗅他的鼻子、嘴巴，然后咬一口他的肉，吐到水里。肉在水里化成虾，驱使鬼的妇女再把虾拿去卖掉。

一目五先生

—— 中国奇幻事典 ——

浙中有五奇鬼，四鬼尽瞽，惟一鬼有一眼，群鬼恃以看物，号"一目五先生"。遇瘟疫之年，五鬼联袂而行，伺人熟睡，以鼻嗅之。一鬼嗅，则其人病；五鬼共嗅，则其人死。四鬼佟佟然，斜行踯躅，不敢作主，惟听一目先生之号令。

——《子不语》

一目五先生传奇

浙中一带有五个奇鬼，其中四个都眼盲，只有一个鬼有一只眼睛，这五个鬼只能靠那一只眼睛看东西，被称作"一目五先生"。遇上暴发瘟疫，五鬼就一起出去，等到人熟睡以后，用鼻子嗅人。

如果有人只被一个鬼嗅过，他就会生病；如果被五鬼都嗅过，他就会死去。没有眼睛的四个鬼走走停停，歪歪斜斜地前行，它们不敢做主，都听那一眼鬼的号令。

一天，有个钱姓客人住在旅馆中，其他客人都已熟睡，只有他看见烛光忽大忽小，有五个鬼排成一排，一蹦一跳地来了。

四鬼正要上去嗅客人，独眼鬼说："他是个大善人，不行。"

四鬼就去嗅下一个旅客，独眼鬼说："他有天大的福气，也不行。"

害人精——一目五先生

四鬼又去嗅另一个旅客，独眼鬼又说："这是个大恶人，更不行。"

四鬼齐声抱怨："到底能吃哪个？"

独眼鬼指着另外两个旅客说："这两个不好不坏，无福无禄，吃他们。"

五鬼一起围上去嗅，只见那两人的呼吸逐渐微弱，五鬼的肚皮也膨胀起来。

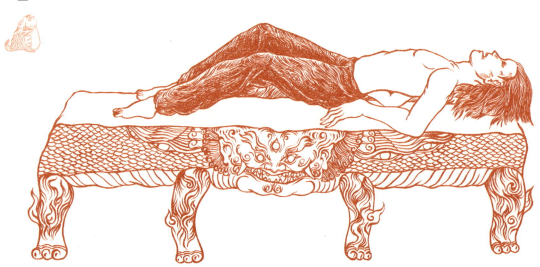

一夕，月色甚佳，主人闲步前山，忽见一白物，躄踊而来，稜嶒有声，状甚怪。因急回寓，其物已追踪而至，幸庄房门有半截栅栏，可推而进，怪不能越。主人进栅，胆壮，月色甚明，从栅缝中细看，乃是一骷髅，咬撞栅门，腥臭不可当。少顷鸡鸣，见其物倒地，只白骨一堆，天明亦不复见。

——《子不语》

白骨妖传奇

处州这个地方的山很多，县城在仙都峰的南面，当地可耕种的田地少，农民大多到半山腰开荒。山里多有妖怪出没，农户耕种全都早去早回，夜里不出门。

当时正是深秋，田主李某到乡下收稻子，独自住在庄子里。当地人怕李某胆小，不敢如实跟他说这里有妖怪，只是再三告诫他夜里不要出门。

一天晚上，月光皎洁，李某在前山散步，忽然看见一个白色的东西跳着过来，发出清脆的声响，形状看起来很奇怪。李某急忙回到住处，但是那个东西已经追到家门口了。幸好房门上有半截栅栏，人可以推开进来，但怪物不能跳过栅栏。

李某进了栅栏，胆子也壮了，他借着明亮的月光，从栅栏缝往外仔细看，发现是一个骷髅在边咬边撞栅栏门，腥臭味特别重。过了一会儿，鸡叫了，这个东西就倒在地上，变成了一堆白骨。

天亮时，连白骨也不见了。李某就问别的农户，有人说："幸亏你遇到的是白骨精，没什么事。如果遇到的是一个假装开店的白发老妇，必定会请你抽烟，凡是抽了她的烟的人，没有能活的。她常常在月白风清时出来作祟，只有用笤帚才能把她击倒，但没有人知道她到底是什么妖怪。"

害人精——白骨妖

南山顽石

中国奇幻事典

同至海昌，告其亲友，皆曰："肃愍所谓'南山顽石'者，得毋此怪耶？"次日老翁至，陈曰："翁家可住南山乎？"翁变色，骂曰："此非汝所能言，必有恶人教汝。"陈以其语语友，友曰："然则拉此怪入肃愍庙可也。"如其言，将至庙，老翁失色反走。陈两手挟持之，强掖以入。老翁长啸一声，冲天去。自此怪遂绝。

——《子不语》

南山顽石传奇

海昌有个陈秀才，有一天梦见自己去肃愍庙（供奉明朝大将于谦的庙宇）拜祭，忽然，于谦打开正门迎接他，这让秀才局促不安。于谦说："你将来会是我的门生，理应从正门进来。"陈秀才进门后还未坐定，就听见有小厮说："汤溪县城隍请见。"

随后看见一个戴高帽子的神仙过来，于谦让陈秀才与城隍行对等之礼，说："城隍是我的小吏，而你是我的门生，你应当上座才是。"陈秀才惶恐地坐下了。

城隍神和于谦说话声音很小，陈秀才听不清他们究竟说的是什么，只听见"死在广西，中在汤溪，南山顽石，一活万年"这十六字。城隍告退时，于谦让陈秀才送送他。到门口的时候，城隍说：

害人精
——南山顽石

"我刚刚和于公说的话，你都听见了吗？"陈秀才答："只听见了十六字。"城隍说："你要牢记这十六字，以后会应验的。"

陈秀才没明白是什么意思，回内堂见于谦，于谦也说了同样的话。陈秀才惊醒后，把自己的梦告诉了别人，但是大家也都不明白陈秀才梦境的含义。

陈秀才家境贫寒，有个表弟姓李，在广西做通判，想让陈秀才跟他同去广西。陈秀才觉得不行，对表弟说："曾有神仙说过我会死在广西，如果你我同行的话，恐怕会对你不利。"李通判解释说："神仙说的'始在广西'乃始终之'始'，并非死生之'死'。若你真的会死在广西，又怎么能'中在汤溪'呢？"陈秀才觉得表弟言之有理，两人就一起前去广西。

到达广西后，李通判所在公署有间西厢房，一直紧紧锁着，没有人敢进去。陈秀才打开了那间房，发现里面有亭园，索性住了进去，过了一个多月都没事。

中秋时，陈秀才在园中对酒当歌："月明如水照楼台。"忽然听见空中有人鼓掌，笑着说："'月明如水浸楼台'才是佳句，改成'照'就不太好。"陈秀才非常震惊，仰头看见一个老翁，戴着白藤帽，身穿葛衣，坐在梧桐枝上。

陈秀才心里害怕，赶紧跑回自己的房间。老翁落地，手拉着陈秀才说："别怕。世上有像我一样的风雅之鬼吗？"陈秀才问："您是何路神仙？"老翁回答说："不说这些，我们只讨论诗书。"

陈秀才看这老翁须眉古朴，和常人没有什么区别，内心稍缓和了些。两人走进室内，讨论诗书。这老翁写的字像蝌蚪一样，陈秀才看不懂，就向老翁请教，老翁回答说："在我少年的时候，这种笔画还十分流行，现在多用楷书替代了。我因为一直习惯这种写法，一时没能改过来。"

陈秀才不知道老翁所说的少年时其实是女娲时期。从此，老翁每晚都来陈秀才这里品读诗书，他俩也越来越亲昵了。

李通判家的侍从经常见到陈秀才与空气饮酒对谈，急忙告诉了李通判。李通判也觉得陈秀才神情恍惚，责备他说："你沾染上了邪气，那'死在广西'的预言怕是要应验了。"陈秀才恍然大悟，和李通判商量说想回家避祸。

陈秀才刚上船，那老翁已经在船上了，但旁人都看不见老翁。路过江西时，老翁对陈秀才说："明日你就要到达浙江了，我和你的缘分已尽，不得不告诉你一件事，我修道一万年，至今还未成正果，只因缺少檀香三千斤，无法刻一尊玄女像，今天特向你讨这三千斤檀香，否则就要借你的心肺一用。"陈秀才十分吃惊，问老翁："您修的是什么道？"老翁答："斤车大道。"陈秀才大悟，"斤""车"合成一"斩"字，更加害怕了，对老翁说："等我回家后和家人商量商量。"

到海昌后，陈秀才把这件事告诉了亲友。亲友们都说："于谦说的所谓'南山顽石'，就是这怪物吧？"

第二天，老翁来到陈秀才家，陈秀才说："您家是住在南山吗？"老翁徒然色变，对陈秀才骂道："这不是你能说出来的话，一定是有坏人教你。"陈秀才回去把老翁的反应告诉了亲友。有一位朋友说："把这妖怪拉进肃愍庙试试。"

陈秀才按照朋友所说，约老翁出去，快要到肃愍庙时，老翁面色发白，扭头就跑。陈秀才两手抱住老翁，强行把老翁拉进庙里，老翁仰天长啸一声，冲向天空而去。自此，这老翁再没出现过。

后来陈秀才改籍贯为汤溪，中了进士，当时的主考官就是一位姓于的状元。

绿眼姬

—中国奇幻事典—

古文

鄂与李素有戚，道其故，大司马命往灶下觅之。见旁屋内一绿眼姬，插箭于腰，血犹淋漓，形若猕猴，乃大司马官云南时带归苗女，最笃老，自云不记年岁。疑其为妖，拷问之，云有咒语，念之便能身化异鸟，专待二更后出，食小儿脑，所伤者不下数百矣。李公大怒，捆缚置薪活焚之。嗣后，长安小儿病惊风竟断。

——《子不语》

绿眼姬传奇

清乾隆二十年（1755 年），京城人家刚出生的孩子几乎都患上了小儿惊风，许多不满周岁就夭折了。小孩发病时，身边总有像猫头鹰一样的黑色东西在灯下盘旋，它飞得越快，小孩的呼吸越急促，等孩子断气，那黑色的东西也就飞走了。

没几天，又有一户人家的孩子得了小儿惊风，有个侍卫鄂某一向勇猛，听说这件事后，拿着弓箭来到这户人家。见到黑色的东西来了，鄂某赶紧拉弓射箭。黑色的东西被射中后，狼狈地飞走了，鲜血流了一地。鄂某顺着血迹追踪，翻过两面墙，到李大司马家的锅灶边，血迹消失了。

鄂某拿着箭来到灶台下，李府的人也被惊动了，都赶来询问发生了什么事。鄂某和李大司马家有亲戚往来，就把事情原原本本地

害人精——绿眼妪

说出来了。李大司马让人去锅灶边寻找，发现一个绿眼睛的老太婆，腰上插了一支箭，受伤的地方还流着血。

老太婆的样子像猕猴，是大司马在云南做官时带回来的苗人女子，她已经很老了，不记得自己多大了。大家都怀疑她是妖怪。在严刑拷问下，老太婆说自己会一种咒语，一念咒就会变成黑色的鸟，专门在二更时分飞出去吃婴儿的脑子。

李大司马非常愤怒，让人把老太婆抓住捆起来，放在柴火上烧死了。从此，京城再也没有孩子因小儿惊风而夭折了。

抹脸妖

作祟八九月方止，被抹者数千人，文武官弁，夤夜巡之，家户击鼓鸣金以备之。曾有数妖异大木桶入城，兵卒围之，忽然不见，弃其桶，开视之，则有人面百余，以石灰腌之。或云：取人面为祭赛邪鬼厌胜之具。或云：苗蛮瑶鬼，遇闰年辄出，亦宇宙间怪异之事。

——清·东轩主人《述异记》

抹脸妖传奇

戊申年，贵州、云南乃至湖广一带，出现了一种妖怪，能抹去人的脸。这种妖怪穿衣、说话跟普通人一样，抹脸妖或是十几个一起进城，或是几个分开在郊外野地出现，来去无踪；或是一身戎装纵马奔驰在绝壁之中，或是变成弹丸从屋漏下来，再逐渐变大，分裂成人形。

与抹脸妖擦肩而过的人，会突然倒地，如果你再看这个人就会发现他已经没有脸了，只剩下后脑勺和颅骨。城镇野外，偏僻的山村，或者隐秘的地方，有很多人被害，但不知道抹脸妖要人的脸有什么用。

妖怪在这个地方作祟长达八九个月，被抹去脸的有数千人。文官武将整晚不休息，到处巡逻，击鼓鸣金防备着。曾经有几个妖怪扛着一个大木桶进城，士兵把他们围住后，那些妖怪忽然消失了，打开他们丢弃的大木桶，发现里面有一百多张人脸，全部用石灰腌着。

有的人说妖怪取人脸是为了祭祀，用作行邪术的东西。有的人说他们是苗人的鬼怪，一般在闰年时出来作祟。

害人精 —— 抹脸妖

送眼童子

中国奇幻事典

古文

唐肃宗朝，尚书郎房集，颇持权势。暇日，私弟独坐厅中，忽有小儿，十四五，髡发齐眉，而持一布囊，不知所从来，立于其前。房初谓是亲故家遣小儿相省，问之不应。又问囊中何物，小儿笑曰："眼睛也。"遂倾囊，中可数升眼睛，在地四散，或缘墙上屋。一家惊怪，便失小儿所在，眼睛又不复见。后集坐事诛。

——《原化记》

送眼童子传奇

唐肃宗时，有个叫房集的尚书很有权势。一天闲来无事，他独自坐在厅堂中休息，不知从哪里冒出来一个小孩，十四五岁，头发剃得跟眉毛平齐，手里拿着一个布袋，站在他跟前。

房集以为是哪家亲戚打发小孩来看望他，问他是从哪里来的，小孩一直不言语。房集又问："你口袋装的什么东西？"小孩笑着说："眼睛。"说完就把口袋打开往外倒，里面大概有好几升眼睛，掉到地上，四散开来，有的沿着墙壁爬到了屋顶。家人惊诧之余，就看不到小孩了，那些吓人的眼睛也不见了。后来房集获罪被下令处死。

害人精 — 送眼童子

大青小青

—中国奇幻事典—

庐江皖、枞阳二县境上，有大青小青黑居。山野之中，时闻哭声多者至数十人，男女大小，如始丧者。邻人惊骇，至彼奔赴，常不见人。然于哭地，必有死丧。率声若多，则为大家；声若小，则为小家。

——《搜神记》

大青小青传奇

庐江皖、枞阳二县的境内，传说有叫大青、小青的妖怪在那里隐居。山野之中，经常能听到哭声，多的时候有数十人一起哭，男女老少都有，就像是刚刚失去亲人一样。

附近的人家感到很惊骇，到了哭声所在的地方，经常看不到人，但当地一定就会有人死去。

其实这是妖怪大青、小青出现了，如果妖怪出现的地方传来的哭声小，死的人就是小户人家的人；如果哭的声音大，死的就是大户人家的人。

害人精　一大青小青

黑犬

是夕，圉人卧于厩舍，阖扉，乃于隙中视之。忽见韩生所畜黑犬至厩中，且噑且跃，俄化为一丈夫，衣冠尽黑，即挟鞍鞭马，驰骋而去。行至门，门垣甚高，其黑衣人以鞭策马，马竟跃而过。黑衣者乘马而去。复归，既下马解鞍，其黑衣人又噑跃，还化为犬。圉人惊异，不敢泄于人。

——《宣室志》

黑犬传奇

唐贞元年间，大理评事韩生住在西河郡南边。韩生有一匹骏马，一天清晨趴在马厩，全身大汗，气喘吁吁，很累的样子，像是跑了很远的路。养马的人觉得奇怪，就告诉了韩生。韩生说："难道有人偷偷把马牵出去，使我的马快要累死了，那这是谁的罪过？"就让养马人好好看守。

第二天，马还是又出汗又喘。养马人觉得诧异，但猜不出原因。到了晚上，养马人睡在马厩里，他关上门，从门缝偷偷观察。

忽然，韩生养的黑狗来到马厩，又叫又跳，化成一个穿着黑衣服的男子，把马鞍放在马背上，拿起马鞭，骑上马走了。走到门口时，因门槛太高，黑衣男子就鞭打着马，马一跃而过，向外跑去。回来之后，黑衣人下马解鞍，又是一阵蹦和叫，变回了黑狗。养马人非常惊讶，不敢把看到的告诉别人。

又一晚，黑狗骑着马走了，到了第二天早上才回来。养马人跟着马留下的踪迹前去寻找，因为刚下过雨，行迹可辨，一直跟到西

害人精——黑犬

河郡南边十余里的一座古墓前，痕迹才消失。

养马人在古墓附近建了一个茅草屋，到了晚上，他开始在茅屋中静等。快到半夜的时候，黑衣男果然骑马前来，下马后，将马拴在旁边的一棵树上。黑衣男进入古墓，与墓中的几人把酒言欢。养马人在茅屋偷偷观察古墓的情况，不敢动弹。等东西快吃完之后，黑衣男告辞离去，古墓中的人一起把他送出墓外。

到野外时，一个穿褐色衣服的人问黑衣男说："韩生的名籍现在在哪？"黑衣男说："我把名籍放在一块洗衣石的下面，您不必担心。"褐衣人说："一定要小心，不要泄露出去。泄露之后，我们就无法保全自己。"黑衣男说："谨记教诲。"褐衣人说："韩生家的小儿有名字了吗？"黑衣男说："没有。等有名字时，我就记在那张名籍上。"褐衣人说："明晚再来时，应该可以听到你的好消息了。"

养马人不知二人要韩氏名籍做什么，但认为其中一定有阴谋。等到天亮时，养马人返回韩家，就把看见的情况都告诉了韩生。韩生命人用生肉诱骗那只黑狗，黑狗一来，就用绳子把它拴住了。

据养马人的消息，果然在一处洗衣石下找到一卷轴书，上面十分详细地记载了韩氏家里兄弟、妻子和仆人等的名字、年纪等。大概这就是褐衣人所说的韩氏名籍，名籍中唯独缺少那个刚出生一个多月的婴儿的名字，这是因为"稚子未字"。

韩生非常震惊，命人把黑狗带到庭院中鞭杀，又把它的肉煮熟后给家里的仆人吃了。又带着邻居和韩氏几辈上千人拿着弓箭去西河郡南的那座古墓，挖开坟墓后，看见墓里有好几条狗，毛发形状很奇特，把它们都杀死之后才回来。

花烛童子

襄阳夫人出轿时，见有蓬发女子迎问曰："欲镌图章否？"夫人怪其语不伦，不之应。及工部死，始知挪揄夫人者，即此怪也。

工部卒后，附魂于夫人之体，每食必扼其喉，悲啼曰："舍不得。"同年周翰林煌正色责之曰："杜君何愤愤！尔死与夫人何干，而反索其命乎？"鬼大哭绝声，夫人病随愈。

——《子不语》

花烛童子传奇

清乾隆年间，四川杜某高中进士，做了工部员外郎。杜员外五十多岁时，续弦襄阳的一个女子。婚礼的当晚，杜员外的同僚都到了，新人行完礼，将要入洞房时，看见花烛上有一位童子，三四寸高，盘坐在蜡烛盘上，正在张嘴吹气，想要把烛火吹灭。

杜员外大声喝止，童子应声走了，两只花烛同时熄灭。宾客们震惊地看着，杜员外脸色骤变，汗如雨下。侍从们想要扶他进门，他指着屋子的上下左右说："全是人头。"说完汗水更多了，渐渐地竟无法说话，当晚就死了。

襄阳夫人回忆起自己出轿时，遇见一个蓬头垢面的女子迎面问

道："您要刻图章吗？"襄阳夫人看她语无伦次，就没有回应她，直到杜员外死后很久，才知道害死丈夫的正是那个妖怪。

杜员外死后，魂附在了夫人的身上，每次吃饭，都会抓着夫人的喉咙，充满悲伤地哭着说："舍不得。"杜员外的同僚周翰林面色严肃，大声叱责说："杜君为什么如此糊涂呢？你的死和夫人有何相干，为何反而来索她的命呢？"鬼怪大哭的声音渐渐没有了，襄阳夫人的病也慢慢好了。

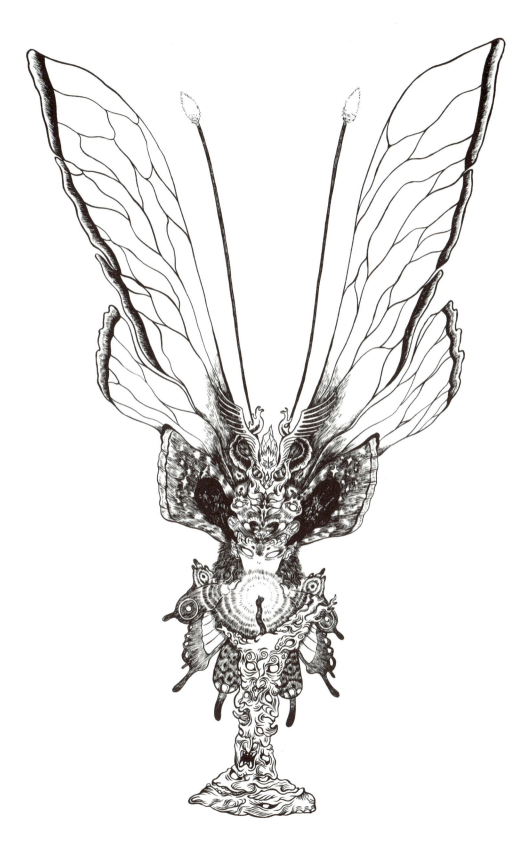

害人精──花烛童子

淋涝君

中国奇幻事典

古文

晋孝武帝，殿北窗下见一人，着白帢，黄练单衣，自称华林园水池中神，名曰淋涝君。帝取所佩刀掷之，空过无碍。神忿曰："当令君知之。"少时而暴崩。

——《幽明录》

淋涝君传奇

晋孝武帝爱喝酒，一天他又喝醉了，在殿中北窗下乘凉。半醉半醒间，眼前忽然出现了一个人，此人头戴白帽，身穿单衣，系着黄色腰带，全身湿漉漉的，就像刚从水中出来一样。这个人对晋孝武帝说："我是华林园池水中的神仙，名叫淋涝君。"

喝醉了的孝武帝，拔出自己随身的佩刀朝淋涝君丢了过去。锋利的佩刀飞向淋涝君，他见状愤怒道："我要让你知道冒犯神灵的后果。"

不久后，孝武帝竟然死了，大家都说是淋涝君造成的祸端。

害人精——淋涔君

幻化精

万物幻化都是缘起聚合的结果，妖怪幻化成人，在人间行走，贪恋着人间的美好。那些幻化成人的妖怪，或伤害世人，或被世人所伤，或与人类结婚生子，都在人世间留下了它们的踪迹。

黄鳞女

中国奇幻事典

古文

吏曰："前一日，渔人网获一巨黄鳞鱼，将为膳，今已断其首。"宗元惊曰："果其夕之梦也。"遂挈而投江中，然而其鱼已死矣。是夕，又梦妇人来，失其首，宗元益异之。

——《宣室志》

黄鳞女传奇

唐代诗人柳宗元曾任永州司马。他出发前往永州上任，途经荆门，在驿馆落脚。晚上，柳宗元梦到一个穿着黄衣的女子向他磕头，并哭着说："我家住在楚水，我很快就要身遭横祸，恐怕性命不保，只有您才能救我。如果您能让我活下来，我不仅感念您的恩德，还会给您增添福禄，甚至让您封将拜相。"柳宗元答应了妇人的请求。

不久柳宗元睡醒，觉得很怪异。后来又睡的时候，那个妇人又来一边祈福一边道谢，过了很久才离开。

第二天早上，有官吏来传话，说荆门的主帅要宴请柳宗元。柳宗元命人准备好车驾后，看天色尚早，打算小睡一会儿再去。结果他又梦见了那个黄衣女，她眉头深锁，既担忧又惶恐，对柳宗元说："我的命就像一缕残线在狂风中摇曳，很快就要随风逝去，希望您记

幻化精
——黄鳞女

得您的承诺，尽快想办法来救我。"黄衣女又对柳宗元进行一番拜谢后才离开。

柳宗元醒来后还是没有明白梦境的含义，嘴上念叨着："我一天之内，三次梦到这个黄衣女向我求救，言辞恳切。是不是我手下的人瞒着我对她做了什么事？"

柳宗元乘坐马车到了主帅的家里，把梦中的事情告诉了荆门主帅，主帅召来官吏询问。官吏回答说："前一天，有渔民捕到一条巨大的黄鳞鱼，厨子要用它给您做菜，可现在鱼头已经砍掉了。"

柳宗元非常惊讶地说："真的和我昨天梦到的情景一样。"于是命人立刻把鱼放回江里，但是鱼已经死了。到了晚上，柳宗元又梦到黄衣女，但她的头已经不见了。

素密令家人，候江郎解衣就寝，收其所着衣视之，皆有鳞甲之状。素见之大骇，命以巨石镇之。及晓，闻江郎求衣服不得，异常诟骂。

寻闻有物僵踣，声震于外。家人急开户视之，见床下有白鱼，长六七尺，未死，在地拨剌。素砍断之，投江中，女后别嫁。

——《三吴记》

白鱼传奇

会稽郡余姚县王素的女儿长得十分美丽，还没有婚配，很多男子前来提亲，但王素疼爱女儿，都拒绝了。

有一天，王素家里来了一个温润如玉的少年，二十出头，自称江郎，前来求亲。王素和妻子看见江郎气质不凡，就果断答应了这门婚事。

王素问江郎家住哪里，江郎说："我就住在会稽郡。"几天之后，江郎带着三四个不同年纪的妇人和两个少年，一起到王素家，还带来了许多财帛作为聘礼。江郎就和王素的女儿成婚了。

一年后，王素的女儿怀孕了，到了十二月，生下一个长得像口袋的"孩子"，躺在地上没有任何动静。

王素的妻子觉得既奇怪又诧异，于是找来一把刀，划开了"口袋"，里面都是白鱼子。王素问江郎："不知为何生的都是白鱼子。"江郎说："由于我的不幸，才生下这个异物。"王素的妻子猜想江郎可能并非人类，并告诉了王素。

　　王素悄悄让仆人趁江郎休息时，把江郎脱下的衣服拿来。王素一看衣服上有许多鱼鳞，于是让仆人用一块大石头压在江郎的衣服上。

　　第二天早上，江郎到处都找不到自己的衣服，咒骂了几句。没多久，就听见江郎的屋里传来拍打地面的声音，仆人推开门进去查看，见床下有一条六七尺长的白鱼，在地上反复横跳。

　　王素拿刀把白鱼的身体砍断，扔进了江里。

幻化精 —— 白鱼

鳖宝

馆师岑生识之，曰："此名鳖宝，生得之，剖臂纳肉中，则啖人血以生。人臂有此宝，则地中金银珠玉之类，隔土皆可见。血尽而死，子孙又剖臂纳之，可以世世富。"庖人闻之大懊悔，每一念及，辄自批其颊。

——《阅微草堂笔记》

鳖宝传奇

四川有个叫张宝南的人是纪晓岚祖母的堂弟，他夫人喜欢吃鳖。有一天，厨子买到一只很大的老鳖。厨子刚刚把老鳖的头剁掉，就看到有个东西从老鳖的脖子里跑出来，仔细一看，是一个四五寸的小人。小人一直围着老鳖的身体跑。张家的厨子吓得昏死过去，被众人急救过来后，那小人却没有了去向。厨子起身继续做饭，把老鳖的身体剖开后，发现刚刚看见的小人竟然死在了老鳖的体内。

纪晓岚的祖母曾经拿着小人仔细观察过。他的母亲当时还年幼，也在旁边看到了小人。小人的样子像《职贡图》中边民的样子，帽子是黄色的，衣服是蓝色的，腰带是红色的，鞋子是黑色的，全身衣着纹理分明，就像画上去的一样。它的脸、手、脚，也都像刻画的一样。

学馆的教书先生岑生认识这种东西，说："这种小人叫作鳖宝，如果能活捉鳖宝，把自己的手臂剖开，放它进入身体里，它就会以人的血肉为生。人的手臂里有鳖宝，就可以看见地下埋着的财宝。

幻化精
——
鳌宝

等这人死后，他的子孙还可以继续豢养鳖宝，能持续为其后世提供财富。"

厨子听完，陷入无尽的懊悔中，每次想到这里，就会扇自己一巴掌。

其实，用自己的血养鳖宝是在用生命换取财富。人既然肯用命来换取财富，那方法就有很多了，又何必靠割开手臂养鳖宝呢？然而厨子还是没有领悟这个道理，竟然因此懊恼而终。

元佐至明，忽觉其身卧在田中，傍有一螺，大如升子。元佐思夜来所餐食之物，意甚不安，乃呕吐，视之，尽青泥也。元佐叹咤良久，不损其螺。元佐自此栖心于道门，永绝游历耳。

——《集异记》

螺

女

螺女传奇

颖川有个叫邓元佐的人，喜欢游山玩水，经常出去游学。凡是风景特别美的地方，邓元佐都会停留，待观赏一番后再继续赶路。即将到达苏州时，当地美景更多，他一不小心走入一条非常崎岖的路，等他发现时，已经走出了十几里路。眼前杂草丛生，纵有再多美景，他也无心观赏，放眼望去，发现附近并没有人家。

天很快就黑了，邓元佐再次四处查看，希望能找到落脚的地方。忽然，他眼前出现一丝光亮，仿佛前面有人家，就匆忙赶了过去。等他走近一看，是一座很小的房屋，里面有一个非常美丽的姑娘，看起来大约二十岁。

邓元佐对姑娘说："我来此地游学，因一时贪恋美景，结果走错了路，这才来到了这里。眼下天已经黑了，我走了许久才碰到你一户人家，再往前走恐怕没有人家了，也怕被山中的野兽所伤，所以想请姑娘能够容我借宿一晚，我一定报答姑娘的恩德。"

姑娘说："我家房屋太小，而且我的父母出门尚未归家，何况我

家里条件有限，你还是去别处借住吧！"邓元佐反复说，自己实在没地方可去，姑娘才勉强同意。

姑娘把邓元佐带到泥土床前，给他收拾好床铺。邓元佐此时已经十分饥饿，姑娘赶紧为他端来食物，他尝了一口，连忙夸赞，然后快速吃了起来。

第二天，邓元佐一睁眼，发现自己并不是躺在床上，而是躺在一片泥田里，旁边还有一个巨大的田螺。邓元佐意识到不对劲，想到昨晚吃的东西后，就弯腰呕吐起来，结果吐出了一堆青色的泥。

看来昨晚遇到的那个姑娘并非人类，应该是由田螺修炼变成的。好在螺女没有伤害自己。后来，他居家认真学习，再也不想出游了。

幻化精 — 螺女

横公鱼

古文

北方荒中有石湖，方千里，岸深五丈余，恒冰，惟夏至左右五六十日解耳。有横公鱼，长七八尺，形如鲤而赤，昼在水中，夜化为人，刺之不入，煮之不死。以乌梅二枚煮之则死，食之可止邪病。

——《神异录》

横公鱼传奇

传说横公鱼生活在北方荒野中的一个石湖里，湖面方圆千里，有五丈多深。石湖常结冰，只在夏至前后有五六十天的解冻期。

横公鱼有七八尺长，眼睛是红色的，长得和鲤鱼相似。它白天在湖里，晚上化成人形，不论被刀刺还是水煮，它都不会死。

但如果往水中加入两颗乌梅果，就能煮熟它，吃了可以治一些邪病。

幻化精 —— 横公鱼

老鹳

尝遇一人行支径中，诘之，曰："我以事它适，偶夜归耳。"时已三鼓，金素有胆，视其举措不类人，又非人所常行路，乃好谓之曰："我家在江南，偶饮酒多，觉醉，不可归，欲与汝相负。汝先自此负我至合沙门，我乃负汝至马铺，汝复负我过浮桥。"

其人欣然，如所约而去。至马铺欲下，金执之甚急，连声呼家人烛火来视，已化为一老鹳，乃缚而焚之。

——《夷坚志》

老鹳传奇

福州城南有数十亩莲花池，是城里的金四种的。他住在南台，离莲花池不太远，为了防止有人偷莲藕，晚上经常去莲花池巡逻。

有天晚上三更天，金四正在巡逻，远远看见一个人在小路上。金四便上前盘问一番。

那人说："我有事出门，偶尔夜里会走这条路回家。"金四素来胆大，看那人举止不像人类，走的又不是一般人走的路，于是对那人说："我住在南台，今晚喝多了，害怕不小心掉进莲花池里。不如你先背我到合沙门，我背你到马铺，你再背我过浮桥就行。"那人答应了金四的提议。

到了马铺时，那人要下来背金四，金四紧紧抓住他，大声呼叫家人拿烛火来看，结果发现那人已化为一只老鹳。金四和家人一起绑了老鹳，把它烧死了。

幻化精 — 老鸹

苍鹤

古文

妻见惊问："久之何所来？"令史以他答。复往问胡，求其料理。胡云："魅已成，伺其复去，可遽缚取，火以焚之。"闻空中乞命，顷之，有苍鹤堕火中焚死，妻疾遂愈。

——《广异记》

中国奇幻事典 一

苍鹤传奇

唐开元年间有一则奇事，户部令史有一个很漂亮的妻子，但他不知道妻子被妖精附体了。令史家有匹骏马，他每天都给马投喂很多草料，但是马看起来愈发疲倦瘦弱。

令史的邻居是胡人，擅长养马，令史就去询问原因。胡人说："马行百里尚且疲倦，何况这马日行一千多里，怎么能不瘦呢？"令史说："我出门基本不骑马，又是如何走了一千多里呢？"胡人说："你每次入宫办差时，你的妻子夜间就骑马出去了。不信的话，你下次偷偷折返，就知道了。"

令史回家后假装出门办差，偷偷折返找个地方藏了起来。一更时，令史的妻子起床装扮，令婢女备马鞍，骑上马，婢女骑着扫帚紧跟其后，只见她们缓缓升空，不一会儿，两个人都消失了，令史大惊失色。

令史对胡人说："我妻子果然是鬼魅，现在该怎么办？"胡人让令史回去等待时机。夜里，令史藏在正屋堂前的幕布后。过了一会儿，妻子回来问婢女："为什么屋子里有人的气味？"婢女点燃

幻化精——苍鹤

扫帚，把堂屋检查了一遍，令史无奈，狼狈地躲进一个罐子。

妻子又要骑马出去，婢女说："扫帚已经烧完了，我没有可以骑的东西。"妻子说："随便什么东西都能骑，为何非要扫帚呢？"仓促中，婢女骑上令史藏身的罐子，令史吓得一动不动。

不一会儿，她们来到山顶林间的帐篷里，里面已经备好了宴席，人们都带着各自的伙伴，玩乐了很久才散去。妻子和婢女也准备回去了，忽然婢女惊叫起来："罐子里有人！"妻子已经喝醉了，就让婢女把人直接推下山。婢女摸黑把令史从罐子里推出来之后，骑上罐子飞走了。

令史在山中一直等到天亮，人都走了，只剩冒着余烟的火堆。令史找小路下山，走了几十里山路，终于到了山脚，才知道这里是距离京城一千多里的阆州。

令史沿路乞讨，走了一个多月才回到家。妻子看到令史后，惊讶地问："你去哪儿了？怎么这么久才回来？"令史找了个借口搪塞过去。第二天又去找胡人出主意，胡人说："那魅已成气候，等它再出去，找机会把它捉住，用火焚烧试试。"

后来令史找到机会，将"妻子"捉住焚烧，空中不断传来求饶的声音。片刻之后，一只苍鹤落在火中，被烧死了，令史的妻子也因此回归正常了。

幻化精——苍鹤

鼻中人

—中国奇幻事典—

有唐与鸣者，东乡人。偶昼卧椅上，鼽鼽睡熟。忽鼻中出两小人，可二寸许，行地上，疾如飞。家人惊异，将攫之，仍跃入鼻中。而寤询之，具述梦状，始知短人者即唐之元神也。

——《履园丛话》

鼻中人传奇

清代曾经有一件奇事，有个叫唐与鸣的东乡人，大白天躺在椅子上睡着了，忽然从他的鼻孔跑出来两个小人。小人大约有二寸高，走在地上健步如飞。家人觉得很惊异，想要捉住他们。

结果，这两个小人又迅速地钻进唐与鸣的鼻子中。家人问他有没有觉得哪里不舒服，唐与鸣把自己刚才做的梦告诉了家人，才知道这两个小人是唐与鸣的元神。

幻化精——鼻中人

蛤蟆妖

古文

严陵宋淡山，于乾隆丁亥夏，见遂安县民家雷震其屋，须臾天霁，一无所损，惟室中恒有臭气。旬日后，诸亲友以樗蒲之戏，环聚于庭，天花板内忽有血水下滴。启板视之，见一死虾蟆，长三尺许，头戴鬃缨帽，脚穿乌缎靴，身着玄纱裪褚，宛如人形。方知雷击者，即此虾蟆也。

——《子不语》

中国奇幻事典

蛤蟆妖传奇

清乾隆三十二年（1767年）夏天，严陵的宋淡山在遂安县看见一个惊天巨雷从天上劈下来，正好落在一户居民的房顶。天晴后，这家人的房屋却没有一点损坏的痕迹，只是屋子里充满了臭气，很久都没有散去。

十几天后，一些亲戚朋友聚在这户人家里玩游戏，忽然看见天花板有血水滴下来，于是打开天花板查看，发现了一只死掉的蛤蟆。那只蛤蟆有三尺多长，头戴鬃缨帽，脚穿乌缎靴，身上穿着玄纱裪褚，就像人一样。

大家恍然大悟，原来那天的惊天巨雷，是为了劈死这只蛤蟆妖。

幻化精—蛤蟆妖

姨
虎

中国奇幻事典

剑州永归、葭萌、剑门、益昌界，嘉陵江侧有妇人，年五十已来，自称"十八姨"，往往来民家，不饮不食。每教谕于人："但作好事，莫违负神理，居家和顺，孝行为上。若为恶事者，我常令猫儿三五个巡检汝来。"语毕遂去，或奄忽不见。每岁，约三五度有人遇之。民闻知其是虎所化也，皆敬而惧之。

——《录异记》

姨虎传奇

剑州永归、葭萌、剑门、益昌交界处的嘉陵江畔，有个五十多岁的妇人，她自称十八姨，经常出入寻常百姓家，但不吃不喝。

她经常告诫大家："你们要做好事，不要违背神理，要居家和顺，以孝为先。如果有人做坏事，我会找三五只老虎来暗中监督你们。"说完就离开了，又或是突然不见了。

每年，十八姨都会被人遇见多次。民间传闻，十八姨是老虎化成的，因此大家都对她既尊敬又害怕。

幻化精—姨虎

龙女

古文

柳子华，唐朝为成都令。一旦方午，有车骑挟车，前后女骑导从，径入厅事。使一介告柳云：龙女且来矣。俄而下车，左右扶卫升阶，与子华相见。云：宿命与君合为匹偶。因止，命酒乐极欢，成礼而去。

自是往复为常，远近咸知之。后子华罢秩，不知所之。俗云：入龙官，得水仙矣。

——《录异记》

中国奇幻事典

龙女传奇

唐代，柳子华任成都县令。有一天正午，几个骑马的女子引着一辆牛车，径直来到厅堂前。

其中一名女子上前告诉柳子华说："龙女来了。"不一会儿，龙女从牛车里出来，在侍女的搀扶下，走上了台阶，与柳子华相见。

龙女对柳子华说："我和你命中注定要结成夫妇。"于是，龙女就在柳子华的家里住下了。柳子华赶紧命人准备酒席、乐队，举行婚礼之后，龙女才离去。

从此龙女与柳子华便常来常往，远近的人们都知道龙女和柳子华的事情。柳子华为官期满后，没有人知道他到底去了哪里，有传言说他去了龙宫，变成了水中仙人。

幻化精——龙女

怨念怪

或许因为对世上的人还有牵挂，所以尽管过去了很久这些精怪也始终无法放下。那些在人间无法放下的执念日积月累，慢慢转化成怨念，困扰它们生生世世。

龙天王

梁武郗皇后性妒忌。武帝初立，未及册命，因忿怒，忽投殿庭井中。众趋井救之，后已化为毒龙，烟焰冲天，人莫敢近。帝悲叹久之，因册为龙天王，便于井上立祠。

——《两京记》

龙天王传奇

南北朝时期，梁武帝的郗皇后性情善妒。据传，梁武帝刚登基时，没来得及腾出时间册封她为皇后。她既生气又恼怒，跑去跳了井。众人看到后赶紧施救，但她已经伴着一股青烟化作一条毒龙。大家都十分害怕，谁也不敢去那口井旁边。

后来梁武帝悲叹了很久，把她册封为"龙天王"，并且在她自杀的那口井上盖了一座祠堂，用以供奉。

怨念怪 —— 龙天王

烙女蛇

唐广州化蒙县丞胡亮从都督周仁轨讨獠，得一首领妾，幸之。将至县，亮向府不在，妻贺氏乃烧钉烙其双目，妾遂自缢死。后贺氏有娠，产一蛇，两目无睛。以问禅师，师曰："夫人曾烧铁烙一女妇眼，以夫人性毒，故为蛇报，此是被烙女妇也。夫人好养此蛇，可以免难。不然，祸及身矣。"贺氏养蛇，一二年渐大，不见物，唯在衣被中。亮不知也，拨被见蛇，大惊，以刀斫杀之。贺氏两目俱枯，不复见物，悔而无及焉。

——《朝野佥载》

烙女蛇传奇

胡亮是化蒙县丞，随从都督周仁轨征讨时，得到首领的妾侍，特别宠幸于她。一天，趁着胡亮不在家，他的妻子贺氏就用烧红的铁钉烙瞎了小妾的双眼，小妾无法忍受这种侮辱和折磨便自杀了。

后来贺氏怀孕，生下一条没有双眼的蛇。贺氏心里害怕，就找了个禅师询问，禅师说："你生性狠毒，曾经烙瞎过一个女人的双眼，这条蛇是来报复你的，它就是被你烙瞎双眼的妇人。如果你好好喂养这条蛇，或许可以免除灾难，不然，你很快就会大祸临头。"

贺氏悉心养育这条蛇，一两年后，蛇渐渐长大了，为了不被发现，它一直都被贺氏藏在衣被里。胡亮并不知道此事，一天他掀开被子看见了蛇，大吃一惊，用刀砍死了那条蛇。贺氏从此两眼都瞎了，尽管她心里十分悔恨，但是已经来不及了。

怨念怪 一 烙女蛇

猴妖

静江府叠彩岩下，昔日有猴，寿数百年，有神力，变化不可得制，多窃美妇人，欧阳都护之妻亦与焉。欧阳设方略杀之，取妻以归，余妇人悉为尼。猴骨葬洞中，犹能为妖，向城北民居，每人至，必飞石，惟姓欧阳人来，则寂然。是知为猴也。张安国改为抑山庙，相传洞内猴骨宛然，人或见眼忽微动，遂惊去矣。

——《岭外代答》

中国奇幻事典

猴妖传奇

静江府的一处叠彩岩下，曾有一只活了几百年的猴子，这猴子有神力，可以幻化成许多不同的模样。它偷了很多美人，欧阳都护的妻子也在其中。欧阳都护后来想办法把这只猴妖杀掉了，把妻子接了回来，其他妇人都当了尼姑。

猴妖的骨头被埋在洞里，还能作怪。住在城北的人，每当有人来到这里时，必定飞沙走石，只有姓欧阳的人经过这里，没有任何动静，因此大家知道应该还是那只猴妖。

张安国后来把这个地方改成了抑山庙，传说洞里的猴骨还在，有的人看见它的眼睛忽然转动，因此被吓走了。

怨念怪 —— 猴妖

煞神受枷

—中国奇幻事典—

古文

至二鼓，阴风飒然，灯火尽绿。见一鬼红发圆眼，长丈余，手持铁叉，以绳牵其夫，从窗外入，见棺前设酒馔，便放叉解绳，坐而大啖。每咽物，腹中喷喷有声。其夫摩抚旧时几案，怆然长叹，走至床前揭帐。妻哭抱之，泠然如一团冷云，遂裹以被。红发神竟前牵夺，妻大呼，子女尽至，红发神踉跄走。妻与子女以所裹魂放置棺中，尸渐奄然有气，遂抱置卧床上，灌以米汁，天明而苏。

——《子不语》

煞神受枷传奇

淮安有个姓李的人和妻子感情很好，李某在三十多岁时病死了，他入殓后，妻子一直不忍心钉棺，每天早晚都哭着要打开棺材看看。

民间有种说法：人死七天后，有迎接煞神的仪式，即使是至亲，也要回避。李妻不肯，让子女在别的屋子里，她独坐在丈夫尸体的帐子里守候。

二更天时，刮起一阵阴风，灯火都变成了绿色。李妻看见有一只鬼，红发圆眼，约有一丈高，手里拿着铁叉，用绳子绑着她丈夫的灵魂来了。那红发神看见棺材前摆好了酒席，便把铁叉放下，又解开了李某身上的绳子，坐下大口吃了起来。每次下咽时，肚子里都会发出"喷喷"的声音。

怨念怪 ——煞神受枷

李某摸着家里的案几，暗自流泪叹息，走到床前揭开帐子时，妻子抱住他大哭。她发觉丈夫的身体像一团冷云，就用被子把丈夫裹了起来。红发神上前抢夺。妻子大声呼叫，把子女都叫了过来，于是红发神跟跟跄跄地逃走了。

李妻和儿女把裹着的李某的灵魂放进棺材里，尸体慢慢有了气息，他们合力把李某抱在榻上，给他灌了一些米汤。天亮时，李某居然活了过来。李某和妻子又共同生活了二十多年。

李妻六十多岁时，去城隍庙祈福，恍惚中看见两个官兵押着一名犯人走了过来，仔细一看被押解的正是红发神。红发神对着李妻骂道："我因为贪吃，被你戏弄，受押了二十多年，如今在此相遇，我怎么能放过你！"李妻回家后就死了。

古文

常熟孙君寿，性狞恶，好慢神虐鬼。与人游山，胀如厕，戏取荒冢骷髅，蹲踞之，令吞其粪，曰："汝食佳乎？"骷髅张口曰："佳。"君寿大骇，急走。骷髅随之滚地，如车轮然。君寿至桥，骷髅不得上。君寿登高望之，骷髅仍滚归原处。君寿至家，面如死灰，遂病。日遗矢，辄手取吞之，自呼曰："汝食佳乎？"食毕更遗，遗毕更食，三日而死。

——《子不语》

怨念怪——骷髅报仇

骷髅报仇传奇

常熟有个孙君寿，他面目丑恶，性格凶狠，喜欢捉弄鬼神。他和友人上山游玩时，突然肚子胀，去如厕。看见荒坟中有一个骷髅，他转而起了歹念，就蹲在骷髅上，令骷髅吞其粪便，还问骷髅："你觉得好吃吗？"骷髅回答说："好吃。"

孙君寿吓了一大跳，急忙跑了，骷髅滚到地上，像车轮一样紧紧地跟着他。他跑到一座桥上，骷髅上不去。孙君寿走到高处回头望，发现那骷髅又滚回了原处。

207

孙君寿回到家，面如死灰，接着就生病了。他每天如厕完抓起就往嘴里送，还念叨着："你觉得好吃吗？"三天后人就死了。

夜行游女

—中国奇幻事典—

古文

　　夜行游女，一曰天帝女，一名钓星，夜飞昼隐如鬼神。衣毛为飞鸟，脱毛为妇人。无子，喜取人子。胸前有乳。凡人饴小孩不可露处，小儿衣亦不可露晒，毛落衣中，当为鸟祟。或以血点其衣为志。或言产死者所化。

——《酉阳杂俎》

夜行游女传奇

　　夜行游女，也叫天帝女或钓星。它夜里飞行，白天隐藏，像鬼神一样。它穿上羽毛就变成飞鸟，脱下羽毛就变成妇女。它胸前长有乳房，没有子女，喜欢偷取别人家的孩子。

　　人们不敢在外面喂养小孩，小孩的衣服也不能晾晒在露天的地方。夜行游女的毛要是落到小孩的衣服里，小孩就会被它作祟伤害。它有时用血点染人的衣服作标志。有人说它是难产的妇人死后变成的。

　　《玄中记》中也有类似的记载，说它就是姑获鸟。

怨念怪 — 夜行游女

家宅灵

世人皆认为人生多艰，殊不知妖的一生，也同样是命运多舛。或是样貌丑陋的东仓使者，或是十分神奇的落头民，或是传闻中的猫妖，它们有时与人无害，有时伤害人类。有人觉得家宅灵是可怕的存在，殊不知有时更可怕的是人心。

灯花婆婆

—— 中国奇幻事典 ——

古文

　　刘不耐，以枕抵之，曰："老魅敢如此扰人。"姥随枕而灭。妻遂疾发，刘与男女酹地祷之，不复出矣。妻竟以心痛卒。刘妹复病心痛，刘欲徙居，一切物胶着其处，轻若履屐亦不可举。迎道流上章，梵僧持咒，悉不禁。刘尝暇日读药方，其婢小碧自外来，垂手缓步，大言："刘四颇忆平昔无？"既而嘶咽曰："省躬近从泰山回，路逢飞天野叉携贤妹心肝，我亦夺得。"

——《酉阳杂俎》

灯花婆婆传奇

　　刘积中一家住在长安附近的村庄。他的妻子病得很重。一天晚上，刘积中正准备睡觉，忽然从灯花中走出来一个身高三尺、白发苍苍的老太婆。

　　老太婆对刘积中说："你妻子的病只有我才能医治，你为什么不求我呢？"刘积中素来刚直，知道这个老太婆是妖怪，就大声呵斥她。老太婆手指着刘积中说："你不要后悔！"说完就消失了。

　　没过多久，他妻子胸口疼得厉害，眼看就要死了。刘积中不得已祭祝祷告。老太婆就又出现了，刘积中恭敬地让她坐下。老太婆要了一杯茶，对着太阳念咒，然后让刘积中给妻子灌茶。茶刚入口，

家宅灵——灯花婆婆

刘妻的胸口就不疼了。从此，老太婆常常出入刘家，刘家的人都不害怕她。

过了几年，老太婆对刘积中说："我有个刚满十五岁的女儿，想请你帮她找个夫家。"见刘积中不同意，老太婆又说："用桐木雕一个木人就行。"刘积中按照老太婆的要求雕刻一个木人。过了一宿，木人就不见了。

老太婆对刘积中说："想请你和你的妻子为新人铺床，到时候，我会派车子来接你们的。"

一天傍晚，果然门口停有车子，刘积中和妻子上了车。天黑时分来到一个高大、华丽的房子里，刘积中夫妻俩还没弄明白怎么回事，就参加完了老太婆女儿的婚礼。

过了几个月，老太婆又来了，对刘积中说："我还有个小女儿，也到了该结婚的年纪，想请你也给她找个夫家。"刘积中有些不耐烦，直接拿个枕头朝老太婆砸去，说："你实在太烦人了！"老太婆听完就消失了。

不久，刘积中的妻子胸口疼复发，没多久就死了。紧接着，刘积中的妹妹也胸口疼。刘积中想搬家，但家中所有东西都像被黏住，拿都拿不起来。

有一天，刘积中闲暇无事翻检药方，忽然有个叫小碧的丫鬟进来，声音很像刘积中已死去的朋友杜省躬。小碧说："我从泰山回来的路上，碰见一个妖怪拿着你妹妹的心肝，我就从妖怪的手里夺下来了！"说罢，小碧举起袖子，刘积中发现里面果然有东西在跳动。小碧又说："赶紧把这东西安置了吧。"说完刮起大风，袖子里的东西不见了。接着，杜省躬离开了小碧的身体，小碧倒下，醒来后不记得发生了什么。

这件事情过去没多久，刘积中妹妹的病就好了。

中国奇幻事典

西轩有一衣暗黄裙、白裆裆老母，荷担二笼，皆盛亡人碎骸及驴马等骨，又插六七枚人肋骨于其髻为钗，似欲移徙。老人呼曰："四娘子何为至此？"老母应曰："高八丈万福。"遽云："且辞八丈移去，近来此宅大蹀聒，求住不得也。"

——《乾馔子》

高八丈与四娘子

家宅灵——高八丈与四娘子

高八丈与四娘子传奇

唐贞元年间，道政里十字街东有一处小宅院，里面常常发生怪异的事情，如果人住在这里一定会遭遇大祸。

后来这所宅院被东平节度李师古买了，作为东平军的驻京办事处。每到冬天，李师古就带着手下的五六十人，以及老鹰和猎犬一起住进宅院。武将军吏们在这里烧煮熏炙，屠宰家畜，习以为常。

李章武刚中进士，到这个宅院拜访在此办公的太史丞徐泽。正巧徐泽外出，于是李章武就在院里休息。这一天东平军的将士也都外出了，李章武忽然看见堂上有一个穿着褐红色衣服的驼背老头，眼睛发红，含着泪水，正在台阶晒太阳。

西边的窗户那里有一个穿黄白衣服的老妇，挑着两个笼子，里面装着死人的碎骨头和驴、马等动物的骨头。老妇头上插着六七枚人的肋骨做成的钗环，看着像是要搬家。

老头对老妇说："四娘子去何处？"老妇回答说："高八丈万福。"又急忙说："暂时要辞别高八丈，这个宅子最近实在太过聒噪，没法儿住了。"

李章武听姻亲说过这是个凶宅。有人说李章武因为这件事把这宅子说得更凶了。

家宅灵一高八丈与四娘子

猫犬

古文

越翌日，夜中，闻庭中有声，密起察之，复见猫乘犬背，犬亻亍而行。叱之，立隐。夜梦一黄衣男子，一白衣女子，来谓曰："寄主人庑下久矣，豢养之恩，未知所报，顾形迹已彰，不可留矣。"乃相向再拜，卧地转身，忽成猫、犬；猫跃登犬背，骑之而去。

——《耳食录》

猫犬传奇

清康熙年间，北京大兴有个老太太信佛，佛像前常年供着一盏油灯。

一天傍晚，老太太听到佛舍有小声说话的声音，就顺着门缝往里看。她看见有一只黄狗像人一样站着，伸出两只前爪，托举着一只白猫。猫也像人一样站着，正在偷喝灯油。

猫吸了灯油后，低头吐到狗的嘴里，然后再去吸。稍微慢一点，狗就会催促说："快点！快点！等会儿人就该来了！"仔细观察猫和狗，发现都是家里养的。老太太看到后大吃一惊，推门而入，狗和猫立即飞奔出去，家人到处寻找也没找到。

第二天夜里，老太太听到院子里有声音，就悄悄起来查看，看见猫坐在狗的背上，而狗匍匐前进。老太太大喝一声，狗和猫立即就消失了。

晚上，老太太梦见一个黄衣男子和一个白衣女子，对她说："我们在主人家很长时间了，您豢养我们的大恩大德，不知道怎么回报。现在我们的行迹已经被您发现，就不能留下来了，就此作别吧。"两个人说完对着老太太跪拜，趴在地上转身又变成了狗和猫。猫跳到狗的背上，骑着狗离开了。

家宅灵 — 猫犬

壁虱

古文

又，某甲宿斋中，日就赢尫。家人疑其故，夜烛之。见壁虱大如碗，伏甲胸，小者万计，周身而集，无隙地。见灯即引去，入础旁穴中。灌而掘之，尽死。病寻愈。

——《耳食录》

中国奇幻事典 一

壁虱传奇

有个人居住在书斋里，身形日渐枯瘦。家人怀疑另有隐情，夜里拿蜡烛来看，只见一个大如碗口的壁虱趴在这个人的胸口吸食血液，数以万计的小壁虱，围聚在他的周围，没有留下一点缝隙。壁虱见到灯火就逃开了，钻进了地基旁边的洞穴。家人把水灌进洞里，挖开洞穴，发现壁虱全死了。这个人很快就痊愈了。

家宅灵——壁虱

高山君

—中国奇幻事典—

汉齐人梁文好道，其家有神祠，建室三四间，座上施皂帐，常在其中，积十数年。后因祀事，帐中忽有人语，自呼"高山君"，大能饮食，治病有验。文奉事甚肃。积数年，得进其帐中。神醉，文乃乞得奉见颜色。谓文曰："授手来！"文纳手，得抟其颐，髯须甚长。文渐绕手，卒然引之，而闻作杀羊声。座中惊起，助文引之，乃袁公路家羊也，失之七八年，不知所在。杀之，乃绝。

——《搜神记》

高山君传奇

汉朝齐郡人梁文，喜好道家方术。他在家里建了个神祠，设有三四间屋子。神座分别用帷帐遮住，神灵待在里面，十几年间都没有动过。后来在一次祭祀中，梁文忽然听到帷帐里有人说话。他自称"高山君"，喜欢吃喝，还能治病救人。

梁文信以为真，把高山君当作神仙对待，十分恭敬。几年后，高山君才允许他进入帷帐。有一天高山君喝醉了，梁文又乞求入帐侍奉，想近距离瞻仰一下高山君的容颜。

高山君对梁文说："把你的手伸过来！"

梁文把手伸过去，摸到了高山君的下巴，发觉高山君的胡须很长。梁文把高山君的胡须缠绕在手上，用力扯了一下，突然听到里

家宅灵——高山君

面有羊叫声。周围的人十分惊讶地涌上来，帮助梁文把高山君从帷帐里拽了出来。

原来这位高山君竟然是太守袁术家的一只羊，已经走失七八年，一直没能找到它。大家把这只羊杀了后，再没有发生怪事。

于是相与谋曰:"此必怪也。俟其再来,当断其臂。"顷之果来,拔剑斩之。臂既堕,其身亦远。俯而视之,乃一驴足,血流满地。

明日,因以血踪寻之,直入里中民家。即以事问民,民曰:"家养一驴,且二十年矣。夜失一足,有似刃而断者焉。"方骇之。薰具言其事,即杀而食之。

——《宣室志》

驴妖传奇

唐天宝初年,长安延寿里住着一个叫王薰的人。一天晚上,王家来了一些朋友。吃完饭,忽然有一只巨大的手臂从蜡烛的影子下伸了出来,王薰和诸友都很害怕。大家面面相觑,看见这只黑色的大手长着很多毛,谁也不敢动。

那影子开始说话了:"希望您能把一些肉放在我的手里。"

王薰虽然想不出这是什么东西,但还是夹了一些肉放在那只手中。那只手拿到肉就缩了回去。

没过一会儿,那只手又伸出来说:"多谢您给我肉吃,现在已经吃完了,希望您能再给我一点。"王薰又夹了一些肉放在那只手中,手臂又缩了回去。

王薰和朋友商量说："想必这是个妖怪，等它再来时，我们把这手臂砍断。"不久，那手臂果然又伸过来了，王薰立马拔剑砍向它。这妖怪就跑远了。往地上一看，竟然是一只驴蹄，血流了一地。

第二天，王薰循着血迹寻找，来到一个农户家里。农户说："家里养了一头驴，已经二十年了。昨天夜里，这头驴突然少了一只蹄，像是被利刃砍断的。"王薰和农户说了前一天晚上发生的事，农户就把那头驴杀了。

家宅灵——驴妖

猫妖

古文

道士素受法于天师，不得已买舟渡江。张使人随之，将求救于天师。至江心，见天上黑云四起，道士喜拜贺曰："此妖已为雷诛矣！"张归家视之，屋角震死一猫，大如驴。

——《子不语》

猫妖传奇

张某住在靖江城南，屋子的拐角有条沟，很久没有疏通了。有一年，连续下了很长时间的雨，沟里的水已经漫到屋里。

张某拿来竹竿疏通，捅进去一丈多长，发现竹竿抽不回来，就叫了几个人一起拽，但还是拽不动。大家以为竹竿被泥卡住了。

雨过天晴，张某又去拽那根竹竿，这次很容易就拽出来了，同时伴有一股黑气，像蛇一样缠绕在竹竿上。

张某请来道士登坛作法。那黑气却涌到坛上，扑向道士。道士觉得有东西在舔自己，所舔处像刀割一样，皮肉都烂了，道士吓得落荒而逃。

这道士是跟随天师学习法术的，雇了一叶扁舟渡江去找天师。想请天师出马除掉这个妖怪。到了江心，只见天空黑云四起，道士心中大喜，说："不用去请天师了，那妖怪已经被天雷诛杀了。"

张某回家一看，屋角处一只像驴那样大的老猫被天雷击杀了。

家宅灵——猫妖

孔大娘

一中国奇幻事典一

古文

　　昔年陈州有女妖，自云孔大娘。每深夜于鼓腔中与人语言，尤知未来事。故相晏元献公守陈，方制小辞一阕，修改未定，而大娘已能歌矣。又何怪也！

　　　　　　　　——《文昌杂录》

孔大娘传奇

　　陈州以前有个女妖怪，自称孔大娘。每到黄昏或夜里，它喜欢藏在鼓腔里和人说话，自言能通晓未来。当时，前丞相晏殊驻守陈州，他刚作完一首小辞，还没来得及修改、定稿，孔大娘竟然已经能唱出来。这是多么奇怪的事啊！

家宅灵——孔大娘

东仓使者

中国奇幻事典

古文

金溪苏坊有周姓丐媪，年五十余。夫死无子，独处破屋。忽有人于耳畔谓之曰："尔甚可怜，余当助尔。"回视不见其形。颇惊怪。复闻耳畔语曰："尔勿畏。尔床头有钱二百，可取以市米为炊，无事傍人门户也。"如言。果得钱。媪惊问何神，曰："吾东仓使者也。"

——《耳食录》

东仓使者传奇

金溪县有一个五十多岁的乞讨者周氏，她丈夫死了，又没有孩子，独居在一间破屋里。一天，她忽然听见耳畔有人说："你太可怜了，我来帮你吧。"周氏回头，却没看到人影，感到很奇怪。

她又听到有人在耳边说："你不要害怕，你的床头有二百钱，可以取来买米做饭，就不用靠别人的接济度日了。"周氏的床头果然有二百钱。她惊奇地问："你是何方神圣？"那人说："我是东仓使者。"

周氏知道他并不为祸作乱，也就不再害怕。从此，或是钱，或是米，或是食物，每天都会被放到她的院子里。数量也不多，只够一两天用的，用完又有了，从来不会缺。

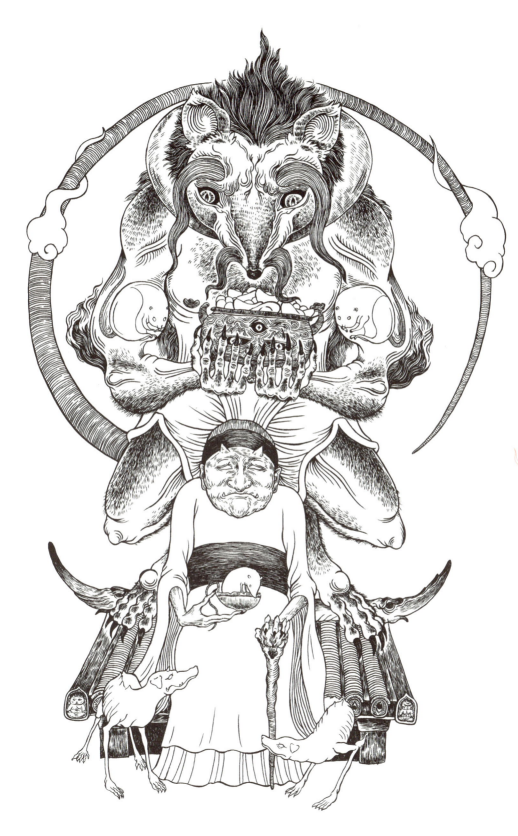

中间也有数次送来衣服，也都是些粗布素衣。周氏由此免于挨饿受冻，特别感激东仓使者。她祈祷说："我受神仙的福泽深厚，希望能当面祭拜！"东仓使者说："虽然我无形，但我会在你的梦中化成形让你看到。"她果然在梦中见到了东仓使者，是一个老翁。

邻居家的东西时常无缘无故丢了，周氏才知道是东仓使者偷来给了自己。邻居家有好事、坏事，东仓使者也会告知并叮嘱她不要泄露。东仓使者说的都一一应验。就这样过了好多年。

邻居们觉得很奇怪，周氏竟然不做乞丐了，于是到她家探个究竟，结果发现自己家丢的东西竟然都在这里。邻居们很生气，把周氏当成了盗贼。

忽然听到有声音传来："是我偷了你们的东西。我是在'偷富济贫'，她有什么罪过？如果你们再继续纠缠，我就要对你们不客气了！"说完，一些石头、瓦片直朝邻居们飞过来。

邻居们因为害怕而放弃索回失物，方圆一里以内都传言周氏是个妖怪，很多人跑来围观。若跟她说话客气倒还罢了，若是出言不逊，就会受到攻击。东仓使者只听周氏的话，她说不要再打了，东仓使者才会停手。

有一天，几个学生趁着醉酒，来周氏的家里大骂："是什么妖怪作祟，敢出来跟我们对打吗？"骂了半天见没人回应，这几个学生就回去了。

周氏问东仓使者："你为什么害怕他们啊？"东仓使者说："他们都是读圣贤书的，我应当回避。而且他们喝醉了，我不和他们计较。"

过了几天，学生们又跑来骂，突然石头、瓦砾朝他们扔来，吓得赶紧跑了。周氏又听到东仓使者说："无缘无故骂人，一次就很过分了，我还会用柔和的态度对待他们。但那些人无理又不知道收敛，我就要教训教训他们！"乡亲们都很害怕，谋划着去请张真人的符咒降妖。然而路上出了意外，没有去成。

有一天，周氏听到东仓使者哭着说："龙虎山要派人来抓我，我马上就要大祸临头了！"她问："你为什么不逃跑？"东仓使者说："他们已布下天罗地网，我又能逃到哪儿去？"说完，他俩都哭了起来。

过了两天，果然有邻居拿着符咒闯进周家。原来那人求到了上清灵宝天尊符咒，所以东仓使者没有察觉到，也就没能阻止他。

邻居径直走进周家的卧室，把符咒贴在墙上。周氏很生气，想要撕掉符咒，忽然听见一声霹雳，只见一只大老鼠死在床头。它的洞穴比窗户还大，平时就坐在洞口，所以人们看不见它。

从此，周氏又和以前一样，变回乞丐。

钮婆

郓州之人知之，关不得已，将白于观察使。入见次，忽有一关司法，已见使言说，形状无异。关遂归，及到家，堂前已有一关司法先归矣。妻子莫能辨之，又哀祈钮婆，涕泣拜请，良久渐相近，却成一人。自此其家不复有加害之意。至数十年，尚在关氏之家，亦无患耳。

——《灵怪集》

钮婆传奇

郓州有个司法姓关，他家里有个仆人姓钮，关某供给她衣食，她听候关某使唤。因为年长，人们称她为钮婆。

后来，关某想要害死钮婆。他让妻子把钮婆灌醉，自己藏在门下，用镐头敲击钮婆，正好打中钮婆的脑袋，钮婆应声倒地，变成一根数尺长的栗木。夫妻两人很高兴，让人劈开烧掉。栗木刚烧完，就看见钮婆从屋子里走出来，笑着对夫妻俩说："你们为什么要这样戏耍我？"就像生前跟他们开玩笑一样。

全郓州都知道关某夫妻戏耍钮婆的事，碰巧观察使也来到此地，关某担心观察使听信一些对自己不好的传言，就想向观察使说明情况。但关某忽然发现，已经有一个"关某"同观察使说过什么了。这个"关某"跟自己一模一样，于是他只好回家了。

他回到家里，发现那个"关某"已经先回来了，他的妻子也不能分辨谁真谁假。关某哀求钮婆放过自己，跪在地上磕头，过了好一会儿，假的关某才渐渐消失了。

从此以后，关某一家对钮婆礼敬有加。钮婆在关家又生活了几十年，家里没再发生祸患。

家宅灵 — 钮婆

落头民

古文

秦时，南方有"落头民"，其头能飞。其种人部有祭祀，号曰"虫落"，故因取名焉。吴时，将军朱桓得一婢，每夜卧后，头辄飞去。或从狗窦，或从天窗中出入，以耳为翼，将晓，复还。

——《搜神记》

落头民传奇

秦朝时，南方有一支叫落头民的部族，传说他们的脑袋能离开脖子，向外飞去，由此而得名。

三国时，东吴将军朱桓得到一个婢女。她每天晚上睡着时，脑袋就会飞走。有时从狗洞飞出去，有时从天窗飞出去，以两只耳朵当翅膀，天亮又回来。每次都是这样。

旁边的人听说后觉得很奇怪，一天晚上有人发现婢女有身无头，身体微微冰冷，脉息很弱，于是用被子裹住婢女的身体。到了早上，头回来了，但因为被子把身体盖住，头无法回到原位。

人们赶忙把被子掀开，头又回到了原位。过了一会儿，婢女的气息才慢慢平和。仔细了解后才知道，落头民的头会飞，其实是他们的天性。有人尝试用铜盘将落头民的脖子盖住，头无法回到原位，落头民就死了。

家宅灵—落头民

百岁铁篦

太原王仁裕家远祖母二百余岁，形质渺小，长约三四尺许，两眼白睛皆碧，饮啖至少，夜多不睡。每月余，忽不见，数日复至，亦不知其来往之迹。床头有柳箱，可尺余，封锁甚密，人未尝得见其中物。尝戒诸孙辈曰："如我出，慎勿开此箱，开即我不归也。"诸孙中有一无赖者，一日恃酒而归，祖母不在，径诣床头取封锁柳箱，开之，其中有一小铁篦子，余无他物。自此，祖母竟不回矣。

——《太原府志》

百岁铁篦传奇

太原有个叫王仁裕的人，他的远房祖母有二百多岁了，身体只有三四尺高，眼睛变成了碧绿色。她很少进食，晚上也不怎么睡觉。每过一个多月，她就会忽然消失，几天后再回来。没人知道她到底去了哪里。

她的床头有个一尺多长的柳箱，一直都锁着，从来没有人打开看过里面的东西。她曾经告诫子孙："我出去时，一定不要打开这个箱子，不然我就回不来了。"

子孙中有个无赖，有一天，他醉酒回来看见祖母不在家里，就径直走到床头，打开了那只柳箱。箱子里只有一个小铁篦子，再没有其他东西。箱子被打开后，老人就再也没回来过。

家宅灵 一百岁铁篦

乌纱双怪

——中国奇幻事典——

古文

方阁学苞，有仆胡求，年三十余，随阁学入直。阁学修书武英殿，胡仆宿浴德堂中。夜三鼓，见二人舁之阶下。时月明如昼，照见二人，皆青黑色，短袖仄襟。胡恐，急走。随见东首一神，红袍乌纱，长丈余，以靴脚踢之，滚至西首。复有一神，如东首状貌衣裳，亦以靴脚踢之，滚至东首，将胡当作抛球者然。胡痛不可忍。五更鸡鸣，二神始去。胡委顿于地。明日视之，遍身青肿，几无完肤，病数月始愈。

——《子不语》

乌纱双怪传奇

内阁学士方苞有个叫胡求的仆人，已经三十多岁了，经常跟随方苞入宫。方苞在武英殿编纂书籍，胡求就住在浴德堂。

夜半三更时分，胡求看见有两个人在台阶下面抬着什么东西。当时月光明亮，如同白昼，照见那两个人都穿着青黑色衣服，窄襟短袖。胡求害怕，赶紧跑了。突然，他看见宫院东边有一个妖怪，穿着红色衣服，戴着乌纱帽，有一丈多高。东边的妖怪用穿着靴子的脚踢了胡求一下，胡求就滚到了西边。西边也有一个和东边一样的妖怪，也踢了他一脚，胡求又滚到了东边。胡求就像球一样被踢来踢去，痛得快受不了了。

直到五更，鸡叫时，两个妖怪才离开。胡求委屈地瘫坐在地。天亮了，人们见他鼻青脸肿，病了好几个月才痊愈。

黑手鬼

中国奇幻事典

　　直隶安州参将张士贵，以公廨太仄，买屋于城东。俗传其屋有怪。张素倔强，必欲居之。既移家矣，其中堂每夜闻击鼓声，家人惶恐。张乃挟弓矢，秉烛坐。至夜静时，梁上忽伸一头，睨而相笑。张射之，全身坠地，短黑而肥，腹大如五石匏。矢中其脐，入一尺许。鬼以手摩腹，笑曰："好箭！"复射之，摩笑如前。张大呼，家人齐进，鬼升梁而走，詈曰："必灭汝家！"

——《子不语》

黑手鬼传奇

　　直隶安州参将张士贵，因为办公的地方太小，就在城东买了房子。大家都说他买的房子有鬼怪，但张士贵一向倔强，一定要住在那个房子里。

　　搬入后，每晚都能听见中堂有击鼓的声音，家人非常害怕。张士贵就拿着弓箭，点着蜡烛，坐在中堂等。

　　等到夜深人静，房梁忽然伸出一个头，斜眼看着他笑。张士贵拔箭就射，那鬼怪从房梁摔到地上，只见它身体短、黑又肥，肚子像容量为五石的大葫芦。箭射中了鬼怪的肚脐，约有一尺深。鬼怪用手抚摸肚子，笑着说："好箭！"张士贵又对鬼怪射箭，鬼怪像之前一样，抚摸着肚子，对着他笑。

　　张士贵大声呼喊，家人都进来了，鬼怪爬上房梁跑了，骂骂咧

家宅灵 — 黑手鬼

咧道："我一定要灭你全家。"

第二天天亮时，张士贵的妻子突然暴毙。天黑时，他的儿子也死了。张士贵殓尸时，既悲痛又后悔。

大概一个月后，忽然听见墙壁中有声音，拆墙一看发现是张士贵已入殓的妻子和孩子。给他们喂了姜汁后，不一会儿就恢复了往日的神采。问其缘由，他们都说："我们没死，只是一直头脑发昏，像做梦一样。直到有两只大黑手把我们扔在这儿。"

后来才知道，人的生死自有命数，即使是恶鬼诅咒，也只能用一些幻术来迷惑人，并不能杀死人。

不倒翁

古文

少顷，数短人舁一官至，旗帜马车之类，历历如豆。官乌纱冠危坐，指蒋大骂，声细如蜂虿。蒋无怖色。官愈怒，小手拍地，麾众短人牵鞋扯袜，竟不能动。官嫌其无勇，攘臂自起。蒋以手撮之，置于几上。细视之，世所卖不倒翁也。

——《子不语》

不倒翁传奇

蒋生要去河南某地，路过巩县时准备留宿。旅店的西楼打扫得非常干净，蒋生非常喜欢，带着行李打算住下来。店主大笑着说："公子您胆子大吗？这西楼可不太安生。"蒋生说："明人杨椒山说，'椒山自有胆'，怕什么。"

蒋生点着蜡烛坐到深夜，听见茶几下传来竹桶打水的声音，接着有东西跳了出来。这东西穿着青衣，戴着黑帽，长三寸左右，装扮看起来和人间的差役很像。它看了蒋生许久，呼喝了一阵，就走了。

过了一会儿，有一些矮人抬着一位小官模样的来了。旗帜、马车等，看起来都和豆子差不多大。那个小官戴着乌纱帽，正襟危坐，指着蒋生大骂，声音像蜜蜂、蝎子一样小。

见蒋生丝毫不害怕，那小官更生气，用小手拍地，指挥众矮人上前捉拿蒋生。众矮人牵蒋生的鞋子，扯他的袜子，但蒋生丝毫未动。小官亲自上阵，一抬手臂就跳起来了。蒋生用手指把那矮人小官捏起来放在茶几上，仔细一看，发现原来是行市卖的不倒翁。

不倒翁突然僵硬倒下，蒋生发现它原来只是一个土偶。不倒翁的矮人随从们跪在地上磕头，请求蒋生把小官还给他们。蒋生戏称："你们要用东西来赎。"众矮人应声答应。

随即墙穴传来嗡嗡声，或是四个人拉一支钗，或是二人扛一支簪。顷刻间，首饰、金帛等都摆在地上。蒋生把不倒翁扔回给它们，只见不倒翁又能像之前一样活动了，但队伍已经不像之前那么整齐划一。

天快亮的时候，店主大喊："有贼！"一问才知，那些赎小官的东西，全是矮人们从店主那里偷的。

家宅灵 — 不倒翁

金华猫

—中国奇幻事典—

古文

金华猫，畜之三年后，每于中宵，蹲踞屋上，伸口对月，吸其精华，久而成怪。入深山幽谷，朝伏匿，暮出魅人。逢妇则变美男，逢男则变美女。每至人家，先溺于水中，人饮之，则莫见其形。凡遇怪者，来时如人，日久成疾。夜以青衣覆被上，迟明视之。若有毛，必潜约猎徒。

——《坚瓠集》

金华猫传奇

如果有人饲养的金华猫达三年以上，每到月圆之夜，它就会蹲在屋顶，张开嘴吸食月亮的精华，久而久之，就变成了妖怪。

金华猫修炼成精后，会跑到深山幽谷中，白天藏匿着，夜晚就会出来魅惑人类。

如果遇到女人，金华猫妖就变成美男子；如果遇到男人，它就变成美女。每到别人家，金华猫妖就会先在水桶里小便，等人喝了这水，就看不见它的身形了。

凡是遇见金华猫妖的人，时间久了，慢慢会得病。夜里用青色的衣服盖在病人被褥上，等到天亮的时候查看，如果有毛，就说明是金华猫妖在作怪，需要暗地找人牵上几条狗，到家里来捕猫。

不过，据说如果生病的是男人，且捉到的是公猫；或者正好相反，生病的是女人，而捉到的是母猫的话，便无法医治，病人不久之后就会死去。

厨妖

中国奇幻事典

曹能始先生，饮馔极精，厨人董桃媚，尤善烹调。曹宴客，非董侍，则满座为之不欢。曹同年某，督学蜀中，乏作馔者，乞董偕行。曹许之，遣董。董不往，曹怒逐之。董跪而言曰："桃媚天厨星也，因公本仙官，故来奉侍。督学凡人，岂能享天厨之福乎？尔来公禄将尽，某亦行矣。"言毕，升空向西去，良久影逝。不逾年，曹竟不禄。

——《子不语》

厨妖传奇

曹能始特别精于品尝美味佳肴。他的厨师董桃媚善于烹调各种美食。曹能始每次宴请客人，如果菜肴不是董师傅做的，所有的客人都会不高兴。

曹能始有位同窗要去蜀中做督学，缺一个能做筵席的人，想请董师傅一起去。曹能始答应了，就派董师傅同行。董师傅不去，曹能始非常生气，扬言要将其赶走。

董师傅跪着对曹能始说："桃媚其实是天上的厨星，因为您原本是仙官，所以我来此侍奉。督学乃一介凡人，怎么能有被天厨侍奉的福气呢？近来您的福禄也快没有了，我可以走了。"说完，就升上天空往西边去了，过了好一会儿，身影才消失。

没过一年，曹能始就死了。

家宅灵——厨妖

图书在版编目（CIP）数据

中国奇幻事典 / 徐客著；山米绘. — 广州：广东
人民出版社，2023.11
　ISBN 978-7-218-16985-9

　Ⅰ.①中… 　Ⅱ.①徐… ②山… 　Ⅲ.①志怪小说—小
说研究—中国—古代 　Ⅳ.①I207.41

　中国国家版本馆CIP数据核字（2023）第188015号

ZHONGGUO QIHUAN SHIDIAN
中 国 奇 幻 事 典

徐客 著　　山米 绘

出 版 人：肖风华

责任编辑：钱飞遥
产品经理：周　秦
责任技编：吴彦斌　周星奎
监　　制：黄　利　万　夏
特约编辑：路思维　杨　森
营销支持：曹莉丽
装帧设计：紫图装帧

出版发行：广东人民出版社
地　　址：广东省广州市越秀区大沙头四马路10号（邮政编码：510199）
电　　话：（020）85716809（总编室）
传　　真：（020）83289585
网　　址：http://www.gdpph.com
印　　刷：艺堂印刷（天津）有限公司
开　　本：710mm×1000mm　1/16
印　　张：17
字　　数：140 丁
版　　次：2023 年 11 月第 1 版
印　　次：2023 年 11 月第 1 次印刷
定　　价：98.00 元

如发现印装质量问题，影响阅读，请与出版社（020-85716849）联系调换。
售书热线：（020）87716172